Ti mando proprio dei fiori
E vado giusto io, a pigliarli,
– impacciato ma deciso –
quasi un uomo…

Si comportava come se fosse un uomo bello ed elegante

Si comportava come se fosse un uomo bello ed elegante.

Non era né bello né elegante, dietro quella scrivania sproporzionata per dimensioni, ordine e lucentezza. Si era tolto la giacca, e i calzoni di tessuto grigio *stiffelius*, sostenuti dalle bretelle nere, segnavano il ventre sporgente sotto la camicia bianca. Dal colletto allentato pendeva una cravatta grigio argento.

Stava sorridendo impacciato, indeciso se sedersi sulla bella poltrona color cuoio o rimanere in piedi, almeno sino a quando la signora che era con lui non si fosse accomodata di fianco alla scrivania, sulla poltroncina girevole.

«Sei comoda?»

Allora si sedette. Sorrideva a labbra strette, guardando verso la porta che aveva di fronte per non incontrare lo sguardo di questa donna che conosceva da tanti anni ma non rivedeva da molti. Era stata una bella ragazza, spiritosa, intelligente. Ora era una donna matura, elegante, un po' ritoccata, specie nel colore dei capelli. «Dimmi di te».

«C'è poco da dire, ai nostri tempi se ti ricordi studiavo Legge».

«Ti sei laureata, allora».

«Sì, era quello che volevo fare. E tu?»

«Io sempre esagerato». Cercò di ridere pizzicandosi un sopracciglio. «Filosofia e Giurisprudenza».

«Avvocato?»

«No, soltanto la laurea. Mi interessava per il lavoro che avevo in mente».

«Questo? E che lavoro è?»

«Come hai visto, sono titolare di questa agenzia di pubblicità. Ho iniziato in America. Ho capito e imparato. Quando sono tornato in Italia conoscevo tutti i meccanismi e anche la retorica della pubblicità. Una ventina d'anni fa ho aperto la mia agenzia, oggi è la più grande agenzia interamente a capitale italiano e ho un socio in America. È quello che volevo fare». Sollevò il bicchiere che aveva posato sulla scrivania, bevve un sorso e si passò la punta della lingua sulle labbra. «Pubblicità» ripeté con accento serio.

«Ne capisco poco ma ne vedo molta. Tu che ruolo hai?»

«Sono il capo» disse a mezza bocca, sorridendo. «Devo saperne più di tutti. Cerco e mantengo i clienti. Mi occupo dei loro problemi e soprattutto di risolverli con le nostre campagne. Non mi occupo di amministrazione, ma di creatività». Altro sorso di whiskey. «Non so tenere una matita in mano, ma le campagne nascono tutte qui. La testa viene prima della mano».

«Suppongo di sì. Mi sembra di sapere che la pubblicità muove miliardi anche in Italia».

«Sì... miliardi. Non sempre spesi bene». Altro sorriso e altro sorso di whiskey.

«E quella gente nel salone chi era?»

«Per la presentazione alla stampa di un nostro cliente importante, americano. Ogni tanto i clienti vengono a trovarci e noi li presentiamo ai responsabili dei *media* e ai giornalisti. Una piccola convention, per creare attenzione. Abbiamo mostrato la campagna in anteprima: affissioni, giornali, radio e televisione. Li abbiamo accontentati tutti. Discorsi, come hai sentito: miei e loro. Domande... poche. I *media chiefs* non vogliono scoprirsi di fronte ai concorrenti, e comunque si lamentano sempre perché la loro concezione della comunicazione è solo costo e ricavo. I giornalisti che non ne capiscono non sanno che cosa chiedere. Ogni tanto c'è un giornalista economico serio come il dottor Vailati... allora è importante rispondere ed essere informati. Questo è soprattutto il mio lavoro. Poi i convenevoli, il cocktail... come hai visto non fanno per me». Restò un attimo a fissarla. «Ma tu che cosa ci facevi lì in mezzo? Ti occupi di giornali anche tu?»

«No, assolutamente. Sono stata attratta dalla gente

che entrava e dal tuo nome. Ho voluto rivederti... non passo mai da queste parti, mi ha incuriosito».

«Quando ti ho vista... beh, non me l'aspettavo. Hai fatto bene, qui nel mio studio possiamo farci due chiacchiere». Volle farle credere di essere allegro.

«Noteranno la tua assenza, immagino».

Un altro sorriso, questa volta compiaciuto. «Sanno che resisto poco alle moine. E non hanno più bisogno di me». Mentre dal cassetto della scrivania recuperava un pacchetto di sigarette, diede un'occhiata rapida a quella donna stretta in un abito di jersey beige, attillato in vita, aderente sui fianchi e incrociato sul petto ancora vistoso. Gli bastò un'occhiata per ricordarsi il corpo di quella ragazza dai seni grandi, le cosce morbide e le lunghe gambe snelle. «Fumi?»

«Raramente... grazie, sì. Mi sembra una bella occasione, ritrovarti dopo tanti anni». Accese la sigaretta e rimase per un attimo a fissare il fumo, intenso e sottile. «Quanti anni?»

«Perché vuoi parlare di malinconie? Tu sei più giovane...»

«Non scherzare. Eravamo all'università insieme, te ne sei dimenticato? Ti eri appena laureato. Mi ha conquistato la tua tesi di laurea: centodieci e lode!»

«Me ne ricordo, sì...»

Da quando l'aveva incontrata tra la folla che gremiva il salone dell'agenzia dove si stava svolgendo la convention per Huggs, della Huggs and Company di

Philadelphia, stava cercando di ricordare il suo nome. La guardava di sottecchi, fumando, cercando qualcosa in lei che glielo ricordasse.

Era un uomo spiritoso e poco incline alle belle maniere. «Come diavolo ti chiami?» le chiese a un tratto, facendo una smorfia. «Sai che non me ne ricordo?»

Ridendo lei rovesciò la testa all'indietro, era ancora una bella donna e ricordava la ragazza che era stata: bella, intelligente, spiritosa. Rideva ancora mentre gli stava porgendo la mano. «Presentiamoci, allora: io sono Eleonora Visconti...»

«Ma sì, certo. Ecco perché non mi veniva il tuo nome. Ti chiamavamo Cicci... Cicci, che?»

Stavano ridendo. E versò dell'altro whiskey nei bicchieri che si erano portati in studio dal salone, facendo le scale a piedi: gli ascensori erano stati bloccati come misura di precauzione, perché nessuno degli invitati, o degli infiltrati, salisse ai piani di lavoro. Loro erano al secondo piano, il piano nobile: come le aveva detto lui, invitandola a salire nel suo studio.

«Invece io non ho bisogno di ricordarmi il tuo nome, è scritto dovunque: Alessandro Metz... italiano? Non te l'ho mai chiesto».

«Milano, nato qui. Ma la mia famiglia è di origine trentina. E a me piace ricordarmene sempre». Guardò infastidito l'apparecchio che ora stava lampeggiando. «Scusa...» Premette il pulsante e si portò il ricevitore all'orecchio. «Che cosa c'è?» domandò sgarbatamente. Ascoltò corrugando la fronte mentre spegneva con rabbia la sigaretta nel posacenere di cristallo che aveva di fronte. «Quando?... Sì, ho capito. Fate sparire Huggs, con tutti quei giornalisti tra i piedi... Fatelo sparire immediatamente. Sì, certo, chi se ne occupa? Bene, sì... dite che è stato un malore... Subito, lui capirà. Dopo chiamate la polizia. Tenetemi informato. Chi è?» Fece una pausa come per rendersi conto di aver sentito e capito bene. «Come?» domandò ancora. E chiuse la comunicazione.

Si accese un'altra sigaretta, lentamente. Poi alzò la testa e guardando fisso davanti a sé a bassa voce disse: «Ho appena ucciso un uomo».

Una mano sulla cintura dove teneva la pistola

Un lieve bussare all'ampia porta in cuoio e legno chiaro. Lo scatto che apre la serratura, comandata da un pulsante sulla scrivania.

Una testa bionda, un sorriso forzato. «Dottore...»

La ragazza entrò, tenendo aperta la porta per lasciar passare un uomo in jeans e felpa blu con distintivo, i capelli allisciati sulla fronte per coprire l'evidente calvizie, una mano sulla cintura dove teneva la pistola. Guardò prima lui, poi lei. E si ricompose.

«Dottoressa... lei?»

«Sì, commissario. Conosco il dottor Metz dai tempi dell'università... stavamo chiacchierando».

«Tu lo conosci?» domandò Metz con una smorfia.

«Sì, sono procuratore al tribunale di Milano... non me lo hai chiesto, non ho fatto in tempo a dirtelo» e gli sorrise.

Eleonora Visconti collegò rapidamente la telefonata, quella frase e l'arrivo quasi immediato del commissario Eros Negretti che non le aveva concesso il tempo di fare domande. Altre telefonate che si erano sovrapposte, ordini precisi, calmi.

'Incoscienti' pensò.

Era turbata quando si rivolse al commissario. «Abbiamo saputo... da quanto tempo?»

«Stiamo aspettando il dottor Pasquali. Direi diverse ore. Voi siete sempre stati qui?»

«No, naturalmente». Questa volta gli rispose Metz. «Ho fatto gli onori di casa, discorsi ufficiali. Ero sotto gli occhi di tutti. Poi ho incontrato la dottoressa Visconti e siamo saliti. Era tutto chiuso».

«Lo confermo» disse Eleonora Visconti, rivolta al commissario. «Siamo saliti a piedi perché gli ascensori erano bloccati. E il dottor Metz ha aperto la porta del pianerottolo con una tessera personale». Stava dandogli notizie che riteneva utili.

«Sì, infatti» confermò il commissario. Aveva subito la medesima sorte con la gentile assistente che l'aveva fatto salire. «Da che ora?»

«Non ne sono sicuro, ma credo dalle quattro, più o meno. Non prima». E guardò la signora che fece un cenno d'assenso con il capo. «Chi l'ha trovato è il nostro direttore amministrativo, ha lo studio accanto al mio» e con la mano indicò la parete alla sua destra. Il commissario fece di sì con la testa e guardò la parete opposta a quella indicata. «E da quella parte?»

«Un altro studio per il direttore marketing, il dottor Solleciti. Ma lui era impegnato con il cliente».

«Soltanto voi?»

«Sì, questo è il piano della direzione. Al pianterreno abbiamo le sale di riunione, al primo e nella parte laterale del palazzo, gli studi operativi. A questo piano abbiamo accesso soltanto noi tre. E io ho una toilette privata, dietro quella porta».

«L'ha trovato il dottor Vecchi» bisbigliò la ragazza, che era rimasta in disparte.

«Sì, me l'ha detto Comencini, il nostro art director: il dottor Vecchi era salito a prendere certe carte che gli occorrevano ed è andato in bagno, in fondo all'entrata».

«Sì» confermò il commissario. «È stato questo Vecchi Aldo a raccontarmi la faccenda, ci ha condotti lui al bagno... Voi eravate qui e non avete sentito niente?» Si era rivolto alla dottoressa Visconti.

«Locali insonorizzati, come può notare. E tutto dipende da quando è stato commesso l'omicidio, noi siamo qui da meno di un'ora».

«Mi dispiace... grazie, dottoressa».

«Domani sono in studio, mi tenga al corrente. In salone c'è la stampa, cercate di usare prudenza».

«Dottoressa, come facciamo? Una signora dell'agenzia ci sta aiutando, ma io devo sapere dove erano e che cosa stavano facendo...»

«Prima di sapere a che ora quel tale è stato ammazzato? Se è stato ammazzato stamattina, qui non c'era nessuno di loro. Usate prudenza, commissario, non abbiamo bisogno di finire sui giornali. Queste faccende durano anni, mi raccomando».

«Sì, dottoressa. Faremo come possiamo. Comunque l'hanno saputo che c'era un cadavere nel bagno dei direttori. Ma non sanno che lei è qui».

«Bene, si tratta di una visita privata e vorrei che rimanesse tale».

«Sì, dottoressa... per quel che possiamo. Quelli sono giornalisti, chi li tiene?»

«Se posso...» fece Metz, sottovoce. «Cerchi per favore di liberarci di tutti al più presto. Nessuno di loro lo conosceva, non lavorava per noi da oltre un anno...»

«Lavorava per voi? Allora poteva entrare...»

«No, non poteva. Tutte le combinazioni sono nuove. Le abbiamo cambiate due settimane fa».

Il commissario lo fissò un attimo prima di chiedere. «Perché?»

Metz corrugò la fronte. «Perché, che cosa? Perché abbiamo cambiato le combinazioni? Ma dove vive, commissario? Quei sistemi di sicurezza si cambiano sempre, dopo un certo periodo... Perché, che cosa? Le abbiamo cambiate e lui non poteva averle. Non so come sia entrato ma so come uscirà». Riuscì a sorridere, pizzicandosi il naso tra l'indice e il pollice. «Va bene, la ringrazio per tutto quello che potrà fare per non farci passare per assassini. Grazie». E gli tese la mano, che l'altro strinse con un certo fastidio. Non fosse stato per la dottoressa Visconti, l'avrebbe immediatamente tradotto in questura. Gli era antipatico.

«Dottoressa...»

«Grazie. Ci vediamo domani».

La ragazza bionda si era fermata in mezzo alla stanza e li guardava scontenta, come se si sentisse colpevole di non aver saputo evitare quella seccatura al suo direttore.

«Bisogno di niente, dottore?» *E quella chi era? Quando era salita?* «Nel frigo...»

«Ho tutto, grazie. Chiudi la porta, per favore».

«Sì, dottore. Signora...»

Eleonora Visconti non rispose. Sentì la porta richiudersi con uno scatto alle loro spalle, sollevò dal tavolo il suo bicchiere e guardò Metz a lungo prima di chiedere: «Sei stato tu?»

«Ma sei pazza?»

«L'hai detto: ho appena ucciso un uomo».

«L'ho talmente odiato e ho talmente desiderato di vederlo morto, che è come se l'avessi ammazzato io. Invece mi dispiace. In questo modo ha finito di sentirsi un coglione fallito... Scusa. Avrei preferito che continuasse a vivere e a guardarsi nello specchio. Ogni giorno. Sapendo di essere quello che era».

«Perché l'odiavi?»

Metz sorseggiò il suo whiskey fissando un punto della scrivania. Non aveva voglia di rispondere. «Questura di Milano?» domandò.

«Sì, sono procuratore da dodici anni».

«Perché non me l'hai detto?»

«Non ne abbiamo avuto il tempo. Non ti ho detto neppure di essere stata sposata. Di non avere figli. Di essere divorziata… devo continuare?»

«No, scusa». Fece una pausa. «Non l'ho ucciso io. Chiunque l'abbia fatto s'è preso una rogna inutile: era un uomo finito. Aveva un cancro… al pancreas, credo. Ne aveva per poco».

«Quando l'hai visto l'ultima volta?»

Metz si accese una sigaretta, e a lei sembrò che volesse prendere tempo.

«Me lo stai chiedendo tu o il procuratore?» La fissò, ma non stava più sorridendo.

«Non dire sciocchezze, Alex. Era una domanda».

«Qualche settimana fa era venuto a pretendere di entrare in società, vantando diritti che non aveva: buttandolo fuori ho rischiato di perdere due o tre clienti importanti. Ieri è tornato a minacciarmi: Huggs era un suo cliente, credo che volesse provocare uno scandalo durante la convention. Secondo me era impazzito».

«Ma non stava morendo?»

«L'odio è una buona medicina, come sai. È uscito urlando che me l'avrebbe fatta pagare… se il tuo commissario avesse quella registrazione mi manderebbe all'ergastolo». Guardò il fumo della sigaretta, una traccia scura nell'aria immobile della stanza. Deglutì prima di aggiungere: «Sì, l'ho odiato. Ma non è servito a niente: io ero più infelice di lui».

«Perché?»

Scosse la testa, come se a un tratto si fosse risvegliato da un incubo. «È una lunga storia... ma non ho voglia di raccontarla».

Eleonora Visconti si alzò. Era ancora una bella donna, e con i tacchi più alta di lui. «Forse potremmo raccontarla insieme, Alex. Forse tutti e due sappiamo come inizia...»

Gli occhi chiari, tra l'azzurro e il verde

Gli occhi chiari, tra l'azzurro e il verde...

«A che anno sei?»

«Mi laureo a settembre. Filosofia». E riabbassò la testa sul libro che aveva davanti.

«Ah... mi credevo che fossi a Giurisprudenza».

«Finito. Diritto civile. E tu?»

«Io? Io, Filosofia, ma sono indietro di un anno. Non so neppure se finisco, tanto una donna filosofa non la vuole nessuno».

«Che gusto c'è a piantar lì una cosa che ti è costata fatica e soldi... È da scemi».

«Grazie tante». Aveva intanto alzato il volume della radiolina che teneva in grembo. *Only you*, cantata dagli Hilltoppers. La spense di colpo, vergognandosene. «Scusa, però tu...»

«Non l'ho detto a te... era per dire». Sul tavolo di quel bar-gelateria all'aperto dove erano seduti, Alex mise un pacchetto di biscotti. «Se ti va...»

«No, grazie. Non voglio ingrassare».

«Ma non sei grassa. A me sembra che tu stia bene come sei».

Francesca prese un biscotto e diede un morso. «Buoni, avevo fame».

«Non ti vedo mai mangiare».

«Che ne sai? Mi guardi?»

«Ti guardano in tanti».

«Ma tu?»

«Che cosa vuoi da me? Avanti, lasciami studiare...»

«Ma tu stai sempre a studiare, accidenti».

«Di dove sei?»

«Sono nata qui ma mia madre era del lago di Como».

«*Quel ramo del lago di Como...*»

«No, l'altro ramo. In collina, Zelbio. Non sai dov'è».

Alzò una spalla facendo una smorfia. «Come ti chiami?»

«Ma questo t'importa?»

«Oh, uffa... ciao, devo studiare».

La ragazza si alzò trascinandosi sulla panca dove era stata seduta.

«Io mi chiamo... non ridere. Io mi chiamo Francesca. E tu?»

«Non ridere, io mi chiamo Alessandro... ciao». Si pizzicò il naso tra l'indice e il pollice e abbassò la testa sul libro.

Perché avrebbe dovuto ridere?

Alzò la testa. «Perché avrei dovuto ridere?»

«Mi credevo che ti chiamassi Paolo».

«No, Paolo è lo spilungone che lavora con me in biblioteca, il poeta».

«Ma va'… quello è strano. Mi ha regalato il *Journal* di Gide, della Pléiade… Io mi credevo che la dedica fosse tua e che eri tu che ti chiamavi Paolo. Bellissimo, l'hai letto?»

Una smorfia. «Giusto per lui, io preferisco Alain: più positivo».

«Prima di dormire?» Volle scherzare.

«E a te…?» Abbassò ancora la testa sul libro, ma con lo sguardo la seguì mentre usciva dal giardinetto del bar gelateria Roseto.

Il giorno seguente le due ragazze arrivarono insieme, la porta della biblioteca era spalancata.

«Lei è Cicci».

Alessandro alzò lo sguardo dal libro che stava sfogliando. Se ci fosse stata più luce, le due ragazze si sarebbero accorte che era arrossito. «Ciao».

«Tu sei Metz…»

«Lui è Alessandro, era a Giurisprudenza». Francesca ci teneva a farle capire che lei lo conosceva bene. Quasi amici.

«Lo so». Cicci gli rivolse un sorriso: schietto, senza sottintesi. «Ho assistito alla tua tesi di laurea, accidenti che botta. Centodieci *cum laude*. Io sono al terz'anno».

«Non ti ho mai vista».

«Figuriamoci se tu guardavi me… hai sempre la testa infilata in un libro. Invece, mi faresti leggere la tua tesi?

Con questo Codice che continua a modificarsi io ci perdo la testa. Ma bisogna studiarselo tutto…»

«Vuoi fare l'avvocato?»

«No, il magistrato. Mio padre è giudice. Tu farai l'avvocato?»

«No…»

«E allora perché hai studiato Legge?»

«Per me, perché volevo sapere certe cose».

«Che non sono mai sempre le stesse, ti rendi conto? Nei film americani…»

«Grazie tante. Nei processi loro si basano sulle sentenze precedenti, noi sul Codice: una bella differenza. Non puoi studiare sui film americani…»

Era rimasto seduto sullo sgabello dietro il bancone. Che era il suo posto da quando aveva accettato di dare una mano a riordinare la biblioteca, gravemente danneggiata da un bombardamento durante la guerra: i volumi erano stati salvati in cantina, ma gli scaffali erano andati bruciati. Rifatti, ora bisognava riordinare i libri e ci voleva qualcuno che avesse impegno e cultura. E anche tempo libero, perché il lavoro richiedeva pazienza e metodo. Uno come lui, che tra i libri c'era nato e cresciuto. O come Paolo Consonni, figlio e nipote di un libraio.

Alzò la testa tenendola inclinata da una parte e con due dita si pizzicò il naso. «Lui è Paolo» disse a mezza voce. E tornò a fissare il volume che aveva sul banco.

«Ah, sei tu Paolo… Vi avevo confuso, credevo che Paolo fosse lui…»

«Fine della ricreazione» disse Alessandro con un certo nervosismo. «Volete qualcosa qui?»

«No… che carattere!» Cicci diede una scrollatina ai capelli lunghi, ricci e castani e si avviò alla porta. «Me la presti la tua tesi? Me la fai leggere?»

Alex le guardò il seno, che la camicetta strizzata in vita metteva in evidenza. «Sì, te la lascio qui in biblioteca».

«Grazie, te la riporto sana e salva».

Alex alzò una spalla. «Per me puoi tenerla, l'ho fatta stampare».

«Accidenti, che ricco». Sollevò lo sguardo. «Ciao, Paolo… belle le poesie, grazie».

Quando Alex fu certo che le due ragazze si fossero allontanate dalla porta della biblioteca, con un colpo secco richiuse il tomo sulla campagna di Napoleone in Russia, che aveva sul banco, e si girò verso Paolo. «Ne puoi lasciare in pace almeno una, accidenti?»

«Ma tu che vuoi?»

«Smettila di fare il buffone con tutte… ma non dici che le ragazze non ti piacciono?»

«E allora? Non sai che alle donne piace l'idea di redimerti? Ce la mettono tutta… E io un colpetto a queste due glielo darei senza fatica».

«Ma da che parte stai?»

«Carino… ti ho mai fatto delle *avances*? Io gioco sui due tavoli… capisci?»

«No, e non voglio capire. Ma lascia stare queste due».

«Tutt'e due? Ma chi sei, Mandrake?»

«Sono due brave ragazze…»

«Non ti fidare, bello! Quanto scommetti che se voglio…»

«Piantala. Hanno ragione le femministe…»

«Senti da che pulpito… Sono tutte lesbiche, non te l'hanno detto?»

«Imbecille! Sono quelli come te che sporcano le buone idee. Le fanno diventare inutili e volgari. Finisci di sistemare quello scaffale, che tra un po' me ne devo andare».

«Dietro a quelle?»

«Dietro al professor Costantini, ho l'ultimo esame».

«E allora vai, accidenti. Che ci stai a fare qui se hai un esame con quello? E voglio un trenta, fratello… un trenta tondo, vai!» E gli batté la mano sulla spalla mentre rideva. «Vai, secchione… chi ti vuole *atté*, sempre con i libri in una mano e il naso nell'altra… Vai, va'… in bocca al lupo, fratello».

Alex raccolse la borsa che entrando aveva sistemato per terra e si avviò alla porta, tenendo un braccio alzato. Quando Paolo faceva il fratello maggiore gli dava sui nervi più di quando faceva il lazzarone. Si vantava della propria ambiguità. Avendo ragione, perché in biblioteca aveva più successo di lui, che era migliore in tutto.

Non davanti allo specchio.

Paolo Consonni, fuori corso a Lettere, era alto e magro. I capelli castani, che schiariva con uno shampoo alla camomilla, più lunghi sul collo e più corti davanti a coprirgli la fronte. Gli occhi chiari, le labbra ben disegnate tra le due rughe evidenti nelle guance senza ombra di barba, il naso sottile e leggermente aquilino. Aveva bellissime mani, grandi e morbide. Glielo dicevano tutti e lui le nascondeva nelle tasche dei jeans: infilato al pollice destro portava un cerchietto d'oro con una scritta che nessuno era riuscito a leggere. Raccontava, senza che nessuno lo costringesse, che gliel'aveva regalato un ballerino russo quando lui era ragazzino e studiava danza classica. Di alcuni ballerini famosi aveva trovato biografie con molte illustrazioni, e le aveva sistemate in evidenza, al centro dello scaffale di fondo. Di uno di loro, russo, anche una grande fotografia che aveva appesa al muro. Vestiva sempre allo stesso modo: sui jeans, spesso scuri, indossava una maglia grigia o blu, lunga sino a metà coscia, larga come una casacca orientale. Al collo un foulard, che cambiava spesso. Quando arrivava in biblioteca si toglieva una larga sciarpa che gli faceva da cappotto, e dalla testa un colbacco di pelo grigio. Paolo scriveva poesie.

Mentre camminava verso l'università, Alex guardò

le sue mani: piccole, ma non tozze, con le unghie poco curate. Al mignolo della mano destra quell'anello a sigillo che gli aveva regalato suo padre e che dopo la sua morte lui non si era più tolto. Uno stemma, di cui non aveva mai chiesto notizie, che tuttavia immaginava della famiglia paterna. Sua madre era un'intellettuale di sinistra e non portava gioielli, neppure la fede. Le era grato di non essersi risposata, quando suo padre se n'era andato di casa e poi era morto, e di non aver avuto altri figli. Non avrebbe voluto fratelli, non li avrebbe sopportati diversi da lui.

Non avrebbe sopportato neppure dei figli che somigliassero a lui.

Erano in piedi, in mezzo allo studio

Eleonora Visconti prese la mano di Alessandro Metz, come se volesse sentirsi protetta.

Erano in piedi, in mezzo allo studio, e stavano meditando di svignarsela senza farsi fermare dalla polizia che stava sicuramente piantonando l'uscita.

«Possiamo uscire da qui senza finire tra le braccia della polizia?»

«Difficile... Avranno messo poliziotti anche all'uscita secondaria, quella che usiamo solitamente noi dell'agenzia. Possiamo provare. Ma tu non sei un'autorità? Fatti valere». Stava ridendo, ma era impacciato: il pensiero di quel morto, e di quello che era stato, lo tormentava. Non sei mai abbastanza preparato alle situazioni che la vita ti scaglia addosso senza preavviso.

Era morto.

Mentre lui era lì, con una donna che aveva corteggiato e con la quale, probabilmente, avrebbe passato la notte.

Era morto. Quell'uomo non c'era più. Cancellato.

Davanti allo studio, nello spazio che li separava dal

pianerottolo e dagli ascensori, trovarono poliziotti in divisa e in borghese con alcuni dell'agenzia che si prodigavano per assisterli.

Il commissario girò appena la testa verso di loro.

«Ah, lei è ancora qui? Dovrebbe venire a identificarlo... l'hanno ammazzato tra le sei e mezzo e le sette di questa mattina. Così dice l'anatomopatologo: approssimativamente. Sa chi c'era qui?»

«Mi scusi, commissario... alle sei e mezzo di mattina qui non c'era nessuno. Nessuno di noi. I fattorini e l'impresa di pulizie prendono servizio alle sette e mezzo. In quanto a identificarlo, qui lo conoscevano tutti».

«Forse sarebbe meglio se fosse lei...»

«D'accordo». Seguì il commissario oltre la porta a vetri delle toilette, rispose con un cenno del capo al saluto di quelli che trovò lì e si fermò, irrigidito, davanti all'improvvisato tavolo autoptico sul quale era stato composto il corpo della vittima. Il dottor Pasquali scostò il lenzuolo e gli scoprì il viso per mostrare quel colpo di rivoltella che l'aveva colpito in fronte e che gli aveva lasciato un buco nero e grumoso di sangue.

«È lui?»

Un attimo. Soltanto per guardarlo e per riconoscerlo. «Sì, è lui». Girò la testa come se quel viso immobile e scavato, con la barba poco curata, i capelli radi e scomposti, potesse all'improvviso svegliarsi.

Gli avevano chiuso gli occhi.

Era lui.

«L'hanno colpito a distanza» disse. Per quel che ne capiva.

«Sì, forse dalla porta» disse l'anatomopatologo.

«Ottima mira».

«Lei ha un'arma?»

«No, commissario, non ho armi, mai avute. Ho un bodyguard, il mio autista…»

«Che ha una rivoltella...» Usò un tono trionfante.

«No, commissario, non abbiamo bisogno di rivoltelle. Non è autorizzato a portarne e non ne ha. Più alto e più grosso di me, mi fa spazio e mi protegge dalla folla, quando occorre. Eravamo insieme all'aeroporto, l'aereo di Huggs è atterrato a Malpensa alle sette e quarantacinque. Noi eravamo lì, rispondo anche per lui».

Il commissario sembrò distratto, aveva già verificato e sapeva che doveva escludere Metz e anche il suo autista.

«Lei conferma…»

«Sì, è lui».

Il dottor Pasquali ricoprì il cadavere e fece di sì con la testa. «Calibro…»

Lo stava dicendo a qualcuno, non a lui. Che si era già voltato per guardare il commissario. Con odio, per averlo sottoposto a quella inutile prova. «È lui» ripeté. «Come avrebbe potuto dirle chiunque di noi. È lui».

«Possiamo andare?» domandò Eleonora Visconti, abbassando la voce.

«Certo, dottoressa... vi faccio scortare».

In strada si accorsero che la notizia era già trapelata, oltre le transenne c'erano sconosciuti appostati che chiedevano notizie. Alessandro Metz prese sottobraccio la dottoressa Visconti. «Dove hai la macchina?»

«No, ero a piedi. Sono scesa dall'autobus e ho visto gente che entrava... è lì che m'è tornata la voglia di rivederti».

«Vieni, ti accompagno a casa».

L'autista gli aveva già portato la BMW davanti all'uscita. «Dottore...»

«No, grazie. Accompagno la signora a casa». La fece salire e chiuse la portiera. Mentre girava dietro la macchina per raggiungere il posto di guida, diede un'occhiata a quelle persone che si accalcavano davanti all'entrata dell'agenzia, oltre le transenne. C'erano anche fotografi, vide i lampi dei flash.

'Bestie' pensò.

Salì in macchina e sbatté la portiera.

«Se non hai cambiato casa, mi ricordo l'indirizzo». Aveva intanto messo in moto e avanzava lentamente, mentre l'autista sbracciando gli teneva libera la strada.

«Bestie...» questa volta lo disse a mezza voce.

«Il sangue attira, amico mio. Ti rendi conto di quanti libri gialli si pubblicano ogni giorno?»

«No, non leggo libri gialli».

«Sei molto turbato…»

«Non siamo mai stati amici. Non ho perso tempo a odiarlo… a rovinarsi ci ha pensato da solo».

«Hai un'idea di chi possa averlo ammazzato in quel modo?»

«No. Non conosco nessuno che avesse motivi così seri. Soltanto io… Ma non l'ho ammazzato io. Sinceramente non m'importa niente, scusa…»

Era intanto riuscito a uscire dalla calca e a immettersi nel viale. «Allora?» domandò di nuovo.

«Sempre la stessa casa… Ci sono ritornata dopo il divorzio».

«Ti va di parlarne?»

«No, preferirei di no. Lui era americano e quindi ha divorziato in due settimane. Per me ci è voluto più tempo».

«Ti eri sposata in America?»

Gli rispose una risata. «Troppo facile… no, naturalmente: in bianco, in chiesa e a Carrara… Il mio avvocato ha cercato una scorciatoia per la Sacra Rota».

«Ma ci tieni tanto a risposarti?»

«No, naturalmente. No. Ma non voglio essere la moglie di quello lì… Ha accettato l'idea di dichiarare che il nostro matrimonio non è stato consumato».

Alessandro Metz le diede un'occhiata. «Difficile da credere» disse, sorridendo.

«A me basta che ci abbiano creduto loro. Grazie del complimento». Aveva iniziato a piovere, una pioggerellina fitta e minuta, che a Milano serve appena a togliere la polvere dal fogliame degli alberi. In fila, diritti, uno dopo l'altro ai due lati del viale. Oltre il marciapiede i muri dei giardini, le aiuole lucide di pioggia, i portoni massicci, i poggiuoli, le finestre chiuse oltre le tapparelle abbassate.

Stava iniziando l'inverno. Forse stava soltanto finendo l'autunno.

«Ecco, quello...»

«Sì, lo riconosco».

«Posso invitarti a bere un aperitivo con me? Se non hai impegni, naturalmente».

«No, sono solo. Lascio la macchina qui?»

«Sì, quello è il mio posteggio».

«Aspetta, ho un ombrello».

Davanti al cancello, il gioco delle chiavi che non si trovano. Stretti sotto un ombrello di Hermès. Eccitati come due ragazzini al primo appuntamento.

L'ascensore: senza parlarsi, senza guardarsi. La risatina mentre apre il cancello dell'ascensore che porta direttamente in casa, come se fosse una monelleria.

«Sono sola, oggi».

«Al lupo... al lupo...»

Stanno ridendo. Lui lascia l'ombrello umido fuori della porta, si toglie la sciarpa che ha al collo, aspetta che lei vada avanti per prima, anche se conosce la strada.

«Vieni, stiamo qui... accendo il camino».

Il salone è vagamente come lo ricorda: il divano

davanti al camino, con altre due poltrone. La vetrata a parete che si apre sulla terrazza e che accompagna in lunghezza il salone, con altre poltrone, un tavolino da gioco, un angolo, verso il terrazzo, con alcuni attrezzi da ginnastica e una doccia, che una volta non c'erano. La casa dei genitori di Eleonora, ora risistemata da un architetto, dove lui era stato qualche volta quando lei rimaneva sola in casa.

Oltre il camino, una porta che immette nello spogliatoio, bagno e camera da letto. Opposto alla vetrata un sopralzo, lo stesso di allora, con un tavolo di cristallo, sedie di design, e sul fondo l'angolo cucina, con i servizi.

Alex se la ricorda la casa del giudice Visconti. Non ha mai conosciuto lui, ma in quella casa ci è venuto diverse volte, quando Cicci rimaneva sola a Milano e i suoi genitori andavano al mare. Conosce anche il letto del giudice Visconti, dove facevano l'amore. In quel letto grande qualche volta hanno anche dormito.

Non era innamorato di Cicci, ma gli piaceva. Gli piaceva il suo seno largo e sodo, i suoi fianchi morbidi, la fitta peluria dorata sul pube, l'ombelico spinto in avanti, la sua voglia di fare l'amore. Era vergine, sapeva difendersi e offrirsi completamente all'amore, con gioia.

Gli piaceva che sapesse ridere.

Alessandro Metz è rimasto in piedi, si guarda attorno come se si aspettasse di riconoscere ogni oggetto di quella casa. Al di là del vetro, umido di pioggia, il muso di un rottweiler che lo fissa.

«E quello?» domanda.

«Il mio Toy... hai paura?»

«Non vorrei incontrarlo da solo».

«Ma è buono... certo, ci devo essere io. Lo faccio entrare?»

«Se è una prova che devo superare per meritarmi quel Sauternes che vedo sul tavolo, non ho eredi».

Eleonora ride, mentre apre la vetrata e infila la mano nel collare della bestia, che entra scuotendosi. «Buono, Toy. Lui è un amico... buono». Lo accarezza, ma il cane continua a fissare Alessandro Metz. «Buono, Toy, bravo... al tuo posto, avanti».

Di malavoglia, il cane si accuccia di fianco al camino, che intanto comincia a crepitare con un po' di fumo.

Alessandro Metz ha preso in mano la bottiglia muovendola con precauzione e guarda l'etichetta. «Questi i bicchieri?»

Sono preparati sul tavolo davanti al divano, capovolti: non sono due, osserva, ma quattro. Molto prudente.

«Ci vuoi il ghiaccio?»

«No, mi sembra fresco al punto giusto».

Riempie a metà i due bicchieri di cristallo, riguarda la bottiglia, la depone con cura sul tavolo. E osserva lei mentre le porge il bicchiere.

«Sono contento che tu abbia avuto la curiosità di rivedermi: mi hai fatto un bel regalo in un brutto giorno».

Toy è stato mandato oltre la porta chiusa della stanza. Eleonora è tornata sul divano, ha raccolto le gambe sui cuscini, abbraccia le ginocchia e ride.

Si stanno baciando. E lui non saprà mai come è successo che a un tratto hanno deposto i bicchieri, si sono guardati, e si sono baciati.

Ridono come se fosse la prima volta.

«Hai fame? Mangiamo qualcosa? La cameriera mi ha lasciato le lasagne, devo soltanto scaldarle».

«Non è quello che avrei voluto fare subito, ma va bene».

Prende la bottiglia e raggiunge Eleonora nel cucinino. Lo accolgono rumori che riconosce: lo sportello del frigorifero, lo sportello del forno, il tappo di una bottiglia, l'acqua che scorre. «Apparecchi tu la tavola? Ti ricordi dove sono i piatti?»

Nel mobile lungo la parete, all'altezza delle finestre: lo stesso di allora. Due piatti e due piattini, quattro bicchieri. Le posate nel cassetto.

Ci sono tovaglioli blu di carta e i grissini.

«Ho del *foie gras*... se vogliamo cominciare».

Sono seduti una di fronte all'altro, sotto la tavola giocano con i piedi, lei è scalza.

«Ti piace il tuo lavoro?»

«Sì, molto. Indagare è più stimolante... sai che mi

ricordo ancora quando mi hai dato la tua tesi? Perché non hai fatto l'avvocato?»

«Non ho abbastanza certezze». Stava ridendo. «Volevo sapere…»

«Dammi il tuo piatto, sono lasagne al forno fatte dalla mia cameriera. Mi lascia sempre qualcosa di pronto».

«Per due?»

«Smettila di pizzicarti il naso, ti diventerà un peperone. E smettila con le malignità, sono sola. Che tu ci creda o no».

«Difficile da credere, ma sei un procuratore e mi arrendo».

Il caffè con la moka. Sono tornati sul divano.

Lei ha freddo, si rannicchia contro di lui, con le ginocchia piegate. Alessandro le mette una mano sotto la gonna, le accarezza le cosce. Eleonora chiude gli occhi, dalle labbra le esce un mormorare confuso… *sì, ti prego, sì…*

Lui è bravo in queste cose. Glielo riconoscono tutte le donne con cui è stato a letto. Bravo perché si era impegnato sin da giovane. Su consiglio di suo padre aveva frequentato il Vicolo dei signori, che aveva tutt'altro nome ma era frequentato dalla migliore società maschile della città. Per entrarci occorreva una presentazione: a lui era bastato suo padre. Il locale, tenuto da una ex attrice di tabarin soltanto ingrassata con gli anni, ma ancora vivace e spiritosa, raccoglieva ragazze non solo giovani e molto belle, ma educate a rapporti privilegiati. Esperte, allegre, riservate come ragazze di famiglia. Con quel qualcosa in più che le rendeva molto desiderabili.

Alessandro Metz aveva imparato da loro e le donne che aveva corteggiato lo trovavano straordinario, a letto. Sapeva che cosa doveva fare, senza pudore e senza riserve. Stupite che quel ragazzo, prima, e quell'uomo ora, sapesse farle felici come non erano mai state.

Peccato che fosse lui. Che non era bello né affascinante. Presuntuoso e supponente. Taciturno. Colto sino all'insopportabilità. Con quel naso rosso che continuava a pizzicarsi, come un tic. Di poche parole.

Ma quelle mani, quella lingua e il resto… così dotato da stupire.

«Grida, sì… grida, amore».

E Eleonora stava gridando, infatti. Con Toy, chiuso nell'altra stanza, che le faceva il verso abbaiando.

A letto. Sì, potevano continuare. «Ancora… ancora».

«Alex… Dio mio! Sì… sì…»

Gli cadde tra le braccia, era sudata. Cercò la sua bocca per baciarlo, quasi un gesto di riconoscenza per quello che aveva avuto. Alex si scansò garbatamente. Stava dominando il corpo di quella donna che gli si era aperta come un guscio caldo e umido. Ora toccava a lui.

«Ancora...»

Rimasero abbracciati mescolando sudore e respiri. Poi Eleonora scivolò fuori dal letto.

«Non mi ricordavo che fare l'amore fosse così bello... Mai, te lo giuro... mai così».

Metz sorrise e si alzò, coprendosi con la camicia che aveva lasciato cadere per terra.

«Una doccia?»

Si ritrovarono in salotto. Il camino era spento. Il Sauternes quasi terminato. Alex si rivestì adagio, come un rito al quale non poteva sottrarsi.

«Te ne vai?»

«Sì, cara: domani ho ancora Huggs...» La baciò sul collo. «Mi apri?»

Eleonora era nuda, gli si strinse al fianco passandogli la lingua sull'orecchio. «Grazie, sei sempre magnifico...»

«Facile con una donna come te».

Era in strada, pioveva. Erano le quattro del mattino, tra poco la sua giornata sarebbe ricominciata. E *quello* era morto.

Poche ore dopo, entrando in agenzia passò davanti alla reception. Si era cambiato, e aveva già bevuto due caffè. «Per la dottoressa Eleonora Visconti sono occupato».

«*Yes, sir.* Ricevuto».

Mi ha detto che vai in America

«Paolo mi ha detto che vai in America».

«Già. Perché non si fa i fatti suoi?» E fece una smorfia.

«Se li fa, eccome. Non sai che ha aperto con un suo compagno di università un negozio di libri, letteratura e cultura francesi?»

«E per questo è diventato il gazzettino dell'università?» Si pizzicò il naso. «È scemo. E voi che gli date retta».

«Sai com'è fatto, sempre strano... Ma la libreria è un amore, vendono anche le riviste di cinema francesi con Gérard Philipe, Jean Gabin e Michèle Morgan». Era arrossita. «Paolo dice che somiglia a me...»

«Ha visto soltanto *Il porto delle nebbie*. Tu sei più bella e più vivace, direi».

«Ma vai davvero in America?»

«Sì, a New York, parto tra quindici giorni».

«Che cosa vai a fare, l'emigrante?»

«Di lusso, direi. Ho mandato un curriculum e una nota critica su una loro campagna pubblicitaria e mi hanno preso».

«Chi t'ha preso?»

«La Thompson, una delle maggiori società di pubblicità americane, che è come dire del mondo. Stipendio e alloggio».

«A fare che cosa?»

«Copywriter... penso e scrivo testi. Sai, le *réclame*...» aggiunse, vergognandosi.

«Beato te... ci andrei di corsa, in America».

«Vieni con me». L'aveva detto a voce alta. Poi aveva abbassato la testa, come se si fosse pentito.

«Sì...» Stava ridendo, ma era emozionata. «Vallo a dire a mio padre. *Vado in America con Alex*. Da quella casa mi faranno uscire soltanto con l'abito bianco».

«E allora sposami».

«Non dire scemenze, avanti... Ho proprio voglia di scherzare, io! Sto lavorando, vendo biancheria da ricchi in un negozio di una tizia fiorentina che ha aperto in via Morigi. Guadagno ben seimila lire al mese... Vallo a dire a mio padre».

«Se vuoi... Se mi sposi, vado a dirlo a tuo padre».

«Smettila di fare il cretino. In quindici giorni?»

«No, io parto e vado a vedere che cosa mi aspetta. Poi torno, ci sposiamo, e ripartiamo insieme. Magari trovo qualcosa da fare anche per te...»

Era arrossita. «Dici davvero? Non stai scherzando?»

«Ti sembra che possa scherzare su una cosa del genere? Tu mi piaci da quando ti ho conosciuta, non te ne sei mai accorta?»

«No... sì. Mi sembrava per scherzo».

«Non scherzavo. Allora, mi sposi?»

«Ma poi torni davvero dall'America e mi porti con te?»

«Certo, sì...»

«Mio padre vorrà il matrimonio in chiesa, l'abito...»

«No, per favore. In chiesa va bene. Ma cerchiamo di fare una cosa semplice. A me quelle pupazze vestite di bianco con l'omino in smoking... mi sembrano quelli che sono sulla torta di panna. Dillo a tuo padre: voglio una cosa semplice, tra di noi».

«Prova a dirglielo tu, se ci riesci».

C'era riuscito. Dopo cena, con i nonni e gli zii, suo padre si era chiuso in studio con quel giovanotto che partiva per l'America.

«Vuoi davvero sposare Francesca?»

«Sì, è quello che voglio».

«In chiesa».

«Va bene. Ma vorrei una cosa semplice, senza fronzoli».

«La bambina è pura... se non va vestita di bianco diranno che...»

«Lo so io che è vergine e pura: non basta? La conosco da quando eravamo ragazzi».

Si erano messi d'accordo su tutto. Alex sarebbe partito per l'America e sarebbe tornato per sposarsi a maggio. In chiesa. Lui vestito di grigio e lei con una gonna lunga beige e una giacca elegante. In testa un velo bianco annodato come un foulard su mazzolini di rose appuntati nei capelli.

Tra le mani un mazzo di gardenie che le aveva regalato lui. Alex con una gardenia all'occhiello: era tutto quello che potevano offrire a testimonianza della purezza di Francesca.

Che pura non era più da quando aveva salutato Alex in partenza per l'America.

«Voglio venire a letto con te, prima che tu parta».

«E la purezza dove la mettiamo?»

«No, così so che torni… ti prego».

Erano nel monolocale dove Alex viveva dai tempi dell'università. Uno studio ingombro di libri e di scaffali, un divano letto, uno scrittoio e due sedie intorno a un tavolino. Non c'era cucina, soltanto un fornello buono per scaldare un caffè.

«Qui?»

«È tutto quello che ho…»

«Ci sei stato con altre ragazze?»

«No, non avevo tempo». 'E sono un bugiardo' disse tra sé. C'era stato più di una volta. Anche con Cicci: che non l'avrebbe mai detto.

«Allora va bene».

Quando era successo, ad Alex era sembrato troppo facile. Si ricordò di aver sentito parlare dell'imene compiacente, ma non aveva incontrato alcuna resistenza. E quando l'aveva baciata, nel momento in cui stava godendo, Francesca aveva urlato. Un nome, le era uscito tra le labbra. Un nome soffocato.

Paaa…

L'aveva aiutata a lavarsi, qualche goccia di sangue sull'asciugamani. Una prova provata.

«La mia amica ha perso molto sangue». Sembrò delusa.

«Non tutte le donne sono uguali».

«Che ne sai?»

«Ne so». Si pizzicò il naso mentre Francesca si rivestiva. «Perché hai chiamato Paolo, mentre stavi godendo? Sei stata con lui?»

«Ma no! Non è vero… sei fissato con Paolo».

«Sei stata a letto con lui?»

«Ma no, ti dico. Smettila. Lui fa coppia con Franco, il suo socio. Perché t'inventi le cose?»

Non se l'era inventato. *Paaa…*, l'aveva sentito, tra le labbra, in un soffio…

Francesca si era seduta sulle sue ginocchia. «È stato bello… e non mi fa male. Ora sono tua. Tornerai dall'America per sposarmi?»

«Tornerò dall'America e ci sposeremo».

«Ma tu mi ami?»

«E tu?»

«Non mi hai risposto, prima tu».

«Ti amo da quando ti ho conosciuta. Non te ne sei mai accorta? Sono sempre stato innamorato di te… e tu?»

«Io… sì. Ma faremo sempre l'amore così?»
«Anche in altri modi…»
«Non me l'aspettavo».
«Che sapessi fare l'amore?» Stava ridendo.
«Ancora?»
«Ancora? Siamo sicuri che…»
«Scommettiamo?»
E questa volta, urlando, l'aveva chiamato per nome. *Alex, sì*… Questa volta non si era sbagliata.
Abbracciandolo, gli lasciò sperare che fosse amore.

Nessuno in agenzia si era dato una spiegazione

Nessuno in agenzia si era dato una spiegazione.

Nessuno aveva capito la ragione per cui Thompson volesse assumere come direttore creativo un giovane laureato italiano. In Italia la pubblicità era ancora quasi sconosciuta, e il giovanotto era laureato in Filosofia: così almeno spiegava la nota che era stata distribuita per l'incontro di quella mattina, alle nove, nello studio al terzo piano, dove di solito si riunivano per discutere i *briefing* delle nuove campagne.

«Perché in quello stanzone? Non ha lo studio accanto a quello di Thompson?»

«Non lo vuole» intervenne Annalise, l'unica che lo avesse conosciuto quando era venuto in agenzia per il colloquio con Thompson.

«Non gli sembra abbastanza?»

Annalise rise. «Gli sembra troppo: ha detto così».

«Ma com'è?»

Annalise non poté rispondere perché in quel momento stava entrando Thompson con Alessandro Metz.

Tutti si alzarono.

«Grazie, sediamoci. Vi presento Alessandro Metz,

che occuperà il posto di George Daxter: sarà il nuovo art director su tutti i nostri clienti».

«Ma non li conosce» obiettò Schultz.

«Li conosce. Comunque vorrei proprio iniziare dalla campagna Stokkard, che è un suo cliente, Schultz. Stokkard non è contento dell'andamento delle vendite...»

«Non sarà colpa nostra...»

«Sì, in larga misura si può addebitare a una campagna imprecisa, soltanto enfatica».

Tutti si girarono a guardarlo, aspettandosi la reazione di Schultz. «Lei conosce il prodotto... Metz?»

«Conosco il prodotto, è in vendita anche in Italia. E ho conosciuto anche Stokkard: prima di venire qui, Thompson mi ha chiesto di incontrarlo».

«Inaudito!» Schultz si alzò a metà dalla sedia e si rimise a sedere. «Ci rendiamo conto che quella è una campagna che stiamo lanciando in tutto il mondo? Che è stata approvata e realizzata a tempi di record? Che cosa avrebbe di sbagliato? E lo scopriamo ora, a tre settimane dal lancio?»

Metz finse di non capire che le domande erano rivolte a lui. Con calma eccessiva raccolse le carte che aveva sistemato sul tavolo, senza aprirle come se non fossero pertinenti, e a bassa voce disse: «Ci vediamo qui giovedì mattina, alle nove». Si alzò. «O per voi è troppo presto?» Gli rispose il rumore delle sedie smosse. Alzò la testa: «Lei è Lukas?» domandò, puntando il dito verso il giovanotto bruno, con la barba disordinata, che era rimasto seduto a guardarlo.

«Sì, sono io».

«Per favore, nel mio studio. La prossima campagna vorrei affidarla a lei».

«Stokkard mi odia».

«A me interessa che si innamori della nostra campagna, non di lei». Forse fu un sorriso quel breve stiramento di labbra con cui accompagnò la frase. «Tra un'ora» e gli girò le spalle.

«Vuole anche me?» gli domandò Schultz.

«Faremo una riunione con Thompson...»

«Quando?»

Metz girò la testa da un'altra parte. «Quando sarò pronto».

Non lo disse, ma ora doveva tornare in Italia e sposare Francesca.

555, Charles Avenue

Alessandro Metz guardò nuovamente il foglietto che gli avevano dato. *555, Charles Avenue.*

«Dove diavolo è?» domandò all'autista.

«Tra la Settima e la Ventinovesima. Verso est. È lì che abitate?»

«È lì dove andremo ad abitare» e prese la mano di Francesca. La sentì fredda. «Stai bene?»

«Sì... sono stanca, spaesata. Manca molto?»

«Manca molto?»

«C'è traffico, è l'ora. Ma è un bel posto, se non lo conosce. Tutti professionisti. C'è anche un giardino con l'acqua e i cigni... credo. Io ci passo in macchina». Poiché nessuno sembrava interessato alle sue descrizioni, alzò il volume della radio. Qualche curva, due strade intasate di auto in coda. «Se viene ad abitare qui non usi la sua macchina a quest'ora, tutta la New York degli uffici sbarca qui... ecco, è quella la casa, aspetti».

Due curve per superare la coda. Lungo la strada solo palazzi a blocchi. Grattacieli, uno addossato all'altro, come a reggersi. E ogni tanto, spezzando i blocchi, una costruzione più bassa, un giardino in stile georgiano. Un pezzo d'Inghilterra che era rimasto lì.

E un pezzo di cielo, finalmente, sulle loro teste.

Sul marciapiede alcuni ragazzi con i pattini a rotelle schivavano strillando i rari pedoni. Porte spalancate dei negozi. E ora che il taxi si era fermato davanti al 555, si accorsero che da un negozio usciva musica rock a tutto volume. Francesca si mise le mani sulle orecchie e storse la bocca: era questa l'America?

«Aspetti, l'aiuto io». Le valigie allineate davanti al portone. «Gliele porterei dentro, ma ho il taxi...»

«Non importa, grazie».

«Beh, allora vado...»

«Spero che sia un bell'appartamento, così mi hanno detto in agenzia. Ci abitava un professore giapponese che è partito la settimana scorsa. Vediamo».
In ascensore si chinò a baciarla sulla fronte e Francesca si ritrasse, istintivamente, come se fosse cosa privata da non fare in ascensore.

Diciottesimo piano, un lungo corridoio si aprì davanti ai loro occhi. Una porta dietro l'altra come nei corridoi degli alberghi, senza finestre, una passatoia in terra, specchi e stampe alle pareti, e piante che una volta erano state probabilmente verdi e rigogliose, avvizzite in larghi vasi di pietra.

L'appartamento 223 era la terza porta a destra.

Alex aprì la porta contrassegnata dal numero 223 e si fece di lato. «Devo prenderti in braccio?»

«Facciamo insieme un saltello, senza calpestare la soglia, forse vale lo stesso».

Fecero il saltello, tenendosi per mano: Alex per proteggerla, Francesca per timore.

Oltre la porta trovarono il quadro elettrico, sollevarono le levette e all'improvviso la stanza si illuminò.

«Accidenti» mormorò Francesca.

«Ti piace?»

«Me lo chiedi? Non ci crederà nessuno che abito in una casa così». Aveva ripreso colore e ora stava ridendo.

Il salone era ampio, arredato secondo il tipico schema delle foresterie per dirigenti: a sottolineare il fatto che sarebbe stata una soluzione provvisoria, anche senza fretta.

Divani bianchi con molti cuscini colorati, due poltrone in tela color cuoio, una libreria vuota che Alex avrebbe subito riempita, un mobile basso sotto le finestre con le apparecchiature Hi-Fi, televisione e videoregistratore, tappeti di lana chiara sulla moquette grigio antracite. E in un angolo il tavolo da pranzo, un cristallo ovale su un supporto a colonna di legno scuro, corredato di sedie in stile Tudor e lampada a stelo. Al centro della stanza le loro valigie: assolutamente estranee a tutto.

«Come ti sembra?»

«Uno spreco...» Ora finalmente stava ridendo. «Ma è bello, non me l'aspettavo». Mentre Alex alzava le oscuranti delle due finestre, oltre le tende bianche a festoni, Francesca si accorse che il panorama non era altrettanto entusiasmante: di fronte altre finestre illuminate, alcune dalla sola luce azzurrognola delle tv.

«Ti piace davvero?»

«Sì, certo. Domani faccio delle polaroid e le spedisco a mio padre, lui credeva che andavo a vivere tra i bantù». Rideva, era eccitata: Alex la trovò bellissima e seppe d'amarla.

Al di là della parete divisoria trovarono la cucina, attrezzata con tutti gli elettrodomestici utili e inutili del progresso tecnologico americano. Nel frigorifero una bottiglia di champagne, offerta dalla direzione. Su un tavolino che si alzava e abbassava a pressione, due coppe. In terra, tra quello spazio oltre la cucina che conduceva alla camera da letto, con spogliatoio e bagno, un cesto di rose con un biglietto di auguri di Mr. Thompson.

«È il tuo capo?» E intanto, scrupolosamente, apriva e chiudeva armadietti, controllava piatti e posate, la lavastoviglie.

«Dubito che l'abbia fatto e pensato lui, ma ha un ufficio Pubbliche Relazioni molto efficiente». Fece tintinnare il suo bicchiere contro quello di Francesca. Un sorso. Un bacio.

«I bagagli?»

«Ci pensiamo domani».

In camera rimasero a guardare il letto, al centro della stanza. A Francesca sembrò molto più grande del letto dei suoi genitori. «Ma che ci dobbiamo fare?» Era arrossita.

«Non ci pensare, qualcosa ci faremo». La baciò sul collo. «Un ristorante?»

«No, per favore. Sono stanca».

«Qua sotto ho visto un minimarket, scendo a comperare qualcosa».

«Sì... intanto io tiro fuori quello che ci serve in bagno e a letto».

«Sei contenta?»

«Sì, credo di sì... me ne accorgerò domani».

Per il momento le bastò di sentirsi orgogliosa di quella casa di cui si sarebbe vantata.

Non riuscì a immaginare che per tutti i piani di quel grattacielo, più o meno alla stessa ora, uomini e donne come loro si sarebbero seduti su sedie come quelle, intorno a un tavolo come quello, o si sarebbero sdraiati su un divano identico a quello che ora stava provando. E che avrebbero dormito e fatto l'amore in un letto come quello.

A lei era sufficiente che quel piccolo mondo, ora, fosse suo.

Mentre disfaceva la borsa dove aveva sistemato i beauty-case per il bagno e il necessario per la notte, le capitò tra le mani il *Journal* di Gide, che aveva infilato in borsa all'ultimo momento. Se lo strinse contro il petto e chiuse gli occhi. Restò così sino a quando sentì lo scatto della porta. E allora si ricordò di essere in America e che quello che stava entrando, nella sua casa e nella sua vita, era suo marito.

Quell'uomo alto, con i capelli tra il biondo e il grigio, la pipa spenta tra le labbra

«Posso entrare?»

Alessandro Metz aveva scelto di stare al terzo piano, per essere vicino ai gruppi creativi, garbatamente rifiutando lo studio al secondo piano, come gli sarebbe spettato di diritto, accanto a quello sproporzionato di Thompson, il presidente.

Non era lussuoso come avrebbe meritato il suo ruolo. Ma ingombro di *maquettes*, libri e diapositive. Oltre la sua scrivania un tavolo ovale con molte sedie intorno, decine di foto e di disegni alle pareti. Due televisori, un proiettore e un telo da proiezione arrotolato.

Alzò appena la testa dai fogli che aveva davanti.

«Sì?»

Riconobbe quell'uomo alto, con i capelli tra il biondo e il grigio, la pipa spenta tra le labbra.

«Buongiorno, direttore».

«Mi chiamo Metz». Dall'Italia si era portato appresso quell'antipatia verso i titoli aziendali. Il suo nome era Metz. «Lei è?» Finse di non ricordarsi di averlo zittito alla prima riunione in cui si erano scontrati, proprio sulla campagna che ora stavano rifacendo.

«Karl Schultz, *account* della Stokkard, si ricorda?» Una breve pausa, e aggiunse: «Prima che lei convolasse a giuste nozze».

'Imbecille' pensò Metz, e sorrise.

«Volevo presentarmi. Sono impegnato sulla nuova campagna Stokkard con il gruppo creativo di Lukas, secondo le sue istruzioni».

«Bene. Abbiamo la prima riunione domattina».

«Non vuole il mio curriculum?»

«Se è stato assunto da Thompson non so che cos'altro dovrei sapere. Ci vediamo domattina...» Lo guardò finalmente in faccia. «O c'è qualcosa di cui vorrebbe parlarmi?»

«Sì...» Era rimasto in piedi davanti alla scrivania. Mosse la sedia e fece l'atto di sedersi. «Posso?»

«Prego, non ho molto tempo. La prossima volta la pregherò di chiedere alla mia segretaria, lei conosce i miei impegni. Dica».

«No... è cosa che va discussa». Si era alzato e ora stava accostando nuovamente la sedia alla scrivania. «Non mi piace Lukas, è disordinato. Non conosce il cliente, fa quello che vuole. Stokkard è tedesco, non ama e non capisce le scempiaggini di Lukas. Se ne è accorto anche lei, perché lo rivuole su questa campagna?»

«Lei è tedesco?»

«Sì, tedesco e ebreo. Vivo in America da prima della guerra. Scampato ai nazisti. Ho studiato in California e non mi sono laureato. Prima di arrivare alla Thompson ho lavorato alla D.B.G. *Copy-chief* per tutte le loro campagne».

'Non un gran curriculum' pensò Metz. Non apprezzava le campagne pubblicitarie della D.B.G. Ma non fece commenti.

«Ci vediamo domattina, grazie».

Lo seguì con lo sguardo mentre raggiungeva la porta. Alto, magro, elegante nella giacca blu sui pantaloni chiari.

Belle mani, l'aveva colpito l'anello a sigillo ovale in pietra grigia sul dito medio della mano sinistra. Ora sapeva che dietro gli occhiali senza montatura i suoi occhi erano azzurri.

Lukas e Annalise entrarono senza bussare.

«Hai visto il tedesco di merda?»

«Lukas, per favore... non l'ha dichiarata lui la guerra».

«È un imbecille, non gli dare retta».

«Posso deciderlo da solo? E possiamo rimandare questa discussione a domattina? Vorrei dare un'occhiata al lavoro che avete fatto mentre io andavo a sposarmi. Un guaio alla volta», e sorrise.

Lukas si avviò verso la porta. «Andiamo» disse alla ragazza. «Qui non è aria... sei sicuro di aver fatto bene a sposarti?»

«Te lo dirò tra venticinque anni. O magari tra un

mese. Vuoi toglierti dai coglioni? Scusi, Annalise… se lo porti via».

«Ce la fai conoscere?»

«Chi, mia moglie? Un po' per volta. Vattene, va'…»

Invece l'occasione arrivò dopo qualche settimana. Si era accorto che Francesca si annoiava. Raramente lui tornava a casa a mezzogiorno, più spesso la invitava presso il ristorante dove si ritrovavano a colazione quasi tutti i dirigenti della Thompson. Le aveva presentato Lukas, che la faceva ridere. Annalise, che le era sembrata gentile e simpatica. Mentre l'aveva molto colpita Schultz, che si era chinato a baciarle la mano.

Dopo la colazione veloce, Francesca tornava a casa e lo aspettava, a volte sino alle undici: due telefonate, qualche scusa.

«Perdonami, amore…»

Cenavano con la tv accesa. Leggevano, ognuno per proprio conto. Facevano l'amore come un atto riparatore. Al mattino lui si alzava presto, in punta di piedi per non svegliarla. Si preparava la colazione da solo, usciva. Lei continuava a dormire sino alle undici, quando lui le telefonava per dirle che non tornava a casa.

«Vuoi venire?»

Si vestiva e lo raggiungeva al ristorante.

Quel giorno, eccezionalmente a un tavolo centrale dove erano tutti insieme, era seduta tra Annalise e

Schultz, che parlavano di un concorso Remington: la segretaria dell'anno.

«Volete sedere vicini?»

«No, ci scusi... stiamo cercando volontari che ci diano una mano, dobbiamo leggere migliaia di segnalazioni... non la finiremo mai. Ci scusi, signora».

«Posso esservi d'aiuto?»

«Lo farebbe? Dobbiamo scegliere la miglior segretaria attraverso quello che ci scrivono dirigenti e colleghi... sono migliaia e noi siamo in pochi. Abbiamo qualche ragazzo che ci dà una mano, ma non ce la facciamo. Davvero lo farebbe?»

E Francesca aveva ottenuto un'occupazione regolare presso l'agenzia: primo piano, Pubbliche Relazioni. Erano stati particolarmente apprezzati il metodo e la furberia con cui Francesca aveva proposto la segretaria dell'anno, scartando la segretaria di un uomo votato alla politica, quattro lingue, due lauree e aspetto da miss Mondo, privilegiando la modesta e attiva segretaria di un supermarket, apprezzata dalle clienti che l'avevano festeggiata in massa alla consegna del premio: diploma, denaro, e un viaggio a Londra.

Ora Francesca aveva uno studio che divideva con due colleghe, Frankie e Louise, una americana e l'altra di origine francese, di pari posizione e stipendio. Sapeva scrivere, e Alex l'aiutava quando poteva a compilare le *Press Releases* per comunicare alla stampa le azioni promozionali dei clienti dell'agenzia. Studiava l'inglese e intanto si occupava degli incontri con la stampa per i loro clienti, conoscendo le regole che aveva imparato in collegio dalle suore Orsoline.

Poiché Lukas si rifiutava di lavorare con Schultz, minacciando le dimissioni, con diplomazia lo avevano spostato su altri clienti meno impegnativi. Con la scusa della lingua, ora Schultz aveva un incarico diverso e importante: *senior account* per i clienti tedeschi, Stokkard incluso. E direttore dell'ufficio Pubbliche Relazioni.

In studio al primo piano si faceva vedere raramente, i loro incontri avvenivano più spesso al bar, perché Schultz non voleva uno studio particolare e una particolare scrivania. Si sedeva dove lo chiamavano, ascoltava i testi, correggeva gli errori, discuteva e analizzava i *concept* della dichiarazione pubblicitaria. Era soprattutto addetto al *new business*.

Ed era bravo.

Tuttavia continuavano a chiamarlo 'il tedesco di merda' perché teneva al proprio ruolo intellettuale: era colto, perspicace al punto da cogliere il lato debole di uno slogan pubblicitario, esperto da poter intervenire in una discussione, anche uscendone battuto, mai sconfitto.

«Un caffè?»

Metteva dentro la testa nello studio delle tre signore, e le invitava al bar. Quasi sempre accettava soltanto Francesca.

«Perché le altre due fanno le schizzinose?»

Si sedevano al solito tavolo, in fondo alla stanza che serviva da bar. Francesca spiegava che le altre due erano occupate, lei era più veloce di loro.

Parlavano di libri. Amavano sorprendersi vicendevolmente con le citazioni dai loro autori preferiti. Francesca gli parlava di Paolo, della sua passione per Gide. Schultz era molto più avanti, considerava la cultura francese ormai antica e superata.

«Hai letto Musil? Ti presterò *L'uomo senza qualità*, tre volumi ma assolutamente imperdibili. Incontrerai e amerai questa madame Tuzzi... un nome italiano, credo».

Paolo era lontano. Schultz le prestava libri che non avrebbe mai letto senza di lui.

Baldwin, Fitzgerald, Henry Miller...

«Piaciuto?» Rideva del suo imbarazzo.

Avevano scoperto che Schultz abitava due caseggiati più avanti nella loro stessa strada. Un loft verso l'interno del palazzo, con le finestre strette e lunghe, senza tende, che si era ammobiliato da solo, con gusto razionale e molte comodità: al pianterreno un ampio soggiorno-studio, con tavolo da pranzo, poltrone e televisione; cucina e bagno. Nel soppalco, due camere e una doccia. Di lui si occupava una donna che faceva le pulizie e gli preparava la cena soltanto da riscaldare. Una messicana, generosa nell'uso delle spezie.

In questo modo erano iniziate le loro cene insieme. Alex discuteva volentieri con Schultz, lo trovava preparato su tutti gli argomenti che lo interessavano: politica, filosofia, arte. Schultz lo provocava.

«Lei meriterebbe un posto migliore».

Metz lo sfidava. «Migliore di vicedirettore della Thompson? Con alcune azioni nel cassetto?»

«Non per scodinzolare...» e Schultz aveva riso, guardando Francesca. «Lei è meglio di Thompson e Francesca è meglio di quelle altre due. Insieme siete una forza, perché non vi mettete da soli? Io ci starei».

«Grazie, non sono ancora pronto».

«Lo farà?»

«Non qui: in Italia».

«Ma lei è pazzo... in Italia sono ancora troppo indietro. Come farà la pubblicità, andando ad attaccare i manifesti da solo?»

«Sono più avanti di così. Sono svegli, più svegli degli altri europei. Quando saranno pronti, arrivo io: che ne so più di tutti».

Avevano imparato a fumare insieme: Schultz un buon tabacco biondo nella sua solita pipa, Alex le sigarette e Francesca i sigarilli, leggeri e sottili come le aveva insegnato una giornalista di *Vogue*, che l'aiutava anche a scegliere i vestiti nel backstage delle sfilate di moda e le aveva presentato Giorgio, il famoso parrucchiere delle dive.

«Attento, Alex, i francesi arriveranno prima di voi per due motivi». E gli mise davanti due dita alzate con quell'anello ovale e scuro che spiccava sulla sua pelle bianca solcata dalla leggera trama delle vene azzurre. «Sono più colti di voi, più legati alla cultura. E sono più creativi. Voi italiani vi siete seduti sulle statue di Michelangelo, loro hanno scoperto Picasso. Inoltre, e non è una novità, gli stranieri non si fidano di voi».

«Panorama dannunziano, grazie. Il momento verrà e io sarò pronto. Posso camminare adagio».

Schultz si alzò da tavola per prendere la bottiglia di whiskey. «Quanto le ci vorrà?»

«Anni, certo. Ma sono giovane. Thompson è arrivato dietro quella scrivania a quasi sessant'anni. Io ne ho la metà. Conosco il mercato europeo meglio di lui. L'America ti dà molto, ma ti chiude gli occhi. Qui c'è tutto prima di tutti: brutta situazione per emergere. Lo vediamo anche con la Stokkard… non li smuovi».

«A proposito…» sfiorando con lo sguardo Francesca, che aveva abbassato il capo.

«A proposito di che?»

«Vorrei andare alla Stokkard a proporre un'azione P.R. per la prossima campagna. Francesca ha avuto una buona idea, potremmo andare a parlarne insieme».

«Escluso, mi dispiace. La Stokkard ci ha diminuito

il budget, è in un momento di crisi. Stiamo lottando per fargli mantenere la campagna che hanno approvato, non possiamo permetterci di perderla, è uno dei nostri migliori clienti».

«Come vuole, il capo è lei».

Quella sera, mentre stavano coricandosi, Alex si pizzicò il naso due volte. «Scusami, Francis, ma non mi piace che tu vada in Europa con Schultz».

«Non era un viaggio di piacere, non fare l'italiano».

«Non lo faccio, lo sono. Molto orgoglioso di esserlo. Non appoggerò questo progetto se lui lo porterà a Thompson, e ho buone ragioni per farglielo bocciare. Mi piacerebbe che fossi tu a dirgli di no».

«D'accordo. Ti devo chiamare Otello?»

«Forse sono soltanto un marito innamorato. Devo farmi perdonare?»

Gli piaceva spogliarla, usando le mani e la bocca. E lei rideva.

Gli apriva i pantaloni, felice di sentirlo eccitato. «Mi vuoi?»

«Aspetta…»

«Mi vuoi?»

Gettava in terra la gonna, la maglietta. Sotto era nuda.

La sua bocca sul seno, i capezzoli che si ergevano turgidi, le mani che accarezzavano il suo corpo. Là in quel punto…

«Ancora, sì… ancora, ti prego…»

«Sì, sì...»

Lentamente e con foga. Facendola soffrire. Abbracciandola stretta contro il suo corpo nudo, dentro di lei. Tutta tra le sue mani. Tra le sue labbra.

«Sei mia...»

Rannicchiata contro il suo corpo. Il sudore come rugiada sul suo corpo nudo.

«Ti amo...»

«Non me lo dici mai».

«In ogni istante della mia vita, ti amo».

«A volte mi sembra che tu sia da un'altra parte».

«Mai, amore. Mai. Tu sei sempre dentro di me».

«Io...» Non riusciva a dirgli che lo amava, non si riconosceva in quella voglia di fare l'amore. Le sue mani, la sua bocca. La lingua... E dentro di lei, facendola impazzire... era questo l'amore?

In silenzio. Soltanto il suo respiro affrettato, la sua voce che invocava la fine di quello straordinario tormento che la lasciava inebetita, affannata e senza respiro. «Sì!»

«Ti amo...»

Francesca non glielo avrebbe mai detto. Ma forse anche quello era amore.

Il commissario Eros Negretti si rivolse all'avvocato e a Alessandro Metz

Entrando a braccia aperte, la testa leggermente chinata da un lato, il commissario Eros Negretti si rivolse all'avvocato e a Alessandro Metz, che sedevano davanti alla sua scrivania.

«Mi scusi… scusate… mi hanno trattenuto… buongiorno». Tese la mano. «Commissario Negretti». Uno sguardo a Metz. «Buongiorno, scusate. Vi hanno offerto un caffè?»

Evidentemente no, visto che non c'erano tazzine sulla scrivania. «Posso?»

«No, grazie. Perché siamo qui?»

Il commissario si sedette e scosse la testa. «Brutta faccenda».

«Per chi, commissario? Io sono l'avvocato Giovanni Puntoni». Mise sul tavolo, in evidenza, un biglietto da visita. «Perché siamo qui?» ripeté.

«Chiarimenti… lei sa, avvocato, come vanno queste cose. Le indagini…»

«A che punto siete?»

«Ho chiesto questo incontro perché ho bisogno di qualche risposta da parte del dottor Metz».

«Eccomi» e guardò l'ora, aprendo l'orologio da tasca in modo che l'altro se ne accorgesse.

«Dottore... quando lei, sabato 27 alle ore diciotto circa, ha saputo che nel bagno del secondo piano della sua agenzia c'era un morto, e gliene hanno riferito il nome, è vero che lei ha detto alla dottoressa Visconti, che era con lei, di avere appena ucciso un uomo? È questo che ha detto? Lo conferma?»

«Sì, lo confermo».

Perché Eleonora Visconti aveva riferito quella frase, che per lui era stata un modo per togliersi dall'imbarazzo di quella situazione?

«Ho anche spiegato che era una battuta» aggiunse senza scomporsi.

«È evidente, commissario» intervenne l'avvocato Puntoni. «L'omicidio è avvenuto più o meno alle sei e mezzo di mattina; quando il dottor Metz ha detto quella frase era nel suo studio con la dottoressa Visconti, ed erano le sei del pomeriggio. Un modo di dire, che poi ha spiegato...»

«Lo spieghi anche a me».

«L'avevo tanto odiato. E per molto tempo l'ho talmente desiderato morto, che era come se l'avessi ucciso io. Come se... io non ho mai sparato, neppure da ragazzino con le pistole giocattolo».

«Sì... lei ha detto di non avere una pistola».

«Mai posseduta una».

«Quest'uomo, la vittima, che mi risulta essere stato

un professionista del vostro settore, ha lavorato per lei e con lei per diversi anni e sino a due anni fa…»

«Uno, credo» lo interruppe.

«Uno. L'odiava già?»

«Sì… era un eccellente professionista, conosceva molto bene il nostro mestiere. Avevamo bisogno di lui. Sino a un anno fa, quando ha tentato di rovinarci».

«In che modo?»

«Alex, non rispondere… questo non c'entra niente con la sua morte».

Alex si pizzicò il naso tra l'indice e il pollice. «Forse sì… ma non l'ho ucciso io». E sorrise.

«Allora?» lo incalzò il commissario.

«Ci ha ricattati. Aveva in mano il cliente più importante dell'agenzia e ci ha minacciati di spostarlo su un'agenzia concorrente se non lo avessimo fatto entrare in società».

«Avrebbe potuto?»

«Allora non lo sapevamo. Ma non ci è riuscito. Ho rischiato, buttandolo fuori. Ma la Berger è ancora una delle nostre maggiori clienti e lui non lavora per noi da circa un anno. Nel nostro lavoro si corrono questi rischi, ma non ci si ammazza».

«Quindi devo dedurre che le sue ragioni di odio…»

«Non esageriamo, commissario» lo interruppe l'avvocato. «Stiamo parlando di problemi che riguardano il lavoro».

«Mi sbaglio o lei ha parlato di odio, con la dottoressa Visconti?»

«Non mi ricordo le parole esatte che ho usato. Ma potrebbe. Per quello che ne so: sì, l'ho odiato».

«Al punto di volerlo morto? Di ucciderlo?»

«Forse… sono cose che si sentono senza pensarle realmente. Io non avrei mai saputo come ucciderlo».

«E il suo autista?»

Lo guardò sorpreso. «Il mio autista?» domandò. «Che cosa c'entra il mio autista?»

Da una cartellina che aveva sul tavolo trasse due fogli. «Axel Sounuy, etiope» lesse scandendo bene le parole. «Al suo servizio…»

«Da sei anni» lo interruppe Metz. «Al mio servizio è un'espressione che non avrei mai usato» aggiunse a labbra tirate. «Axel è il mio autista, mi segue nelle faccende di lavoro, nei viaggi. A casa ho una governante che pensa a tutto il resto».

«Consolata Massa…»

«Caty, sì. L'ho assunta quando sono tornato in Italia. E allora?»

«La signora dorme e vive a casa sua…»

«Sì».

«E Axel?»

Un attimo di esitazione. Impercettibile. Che non sfuggì al commissario Eros Negretti. «Ha un piccolo appartamento al pianterreno dell'agenzia».

«Ma guarda… significa che verso le sei di mattina

di quel sabato 27 ottobre, questo Axel Sounuy era sul luogo dove è avvenuto un omicidio? Significa?» Era sarcastico e indisponente. «L'abbiamo tradotto in questura, lo interrogheremo...»

«Senza un avvocato?» strillò l'avvocato Puntoni. «Nessuno lo interroghi senza la mia presenza, commissario».

«Nessuno sta interrogandolo, gli abbiamo soltanto offerto un caffè».

«Bene, vedremo. Mi rivolgerò al questore...»

«State calmi, è tutta una farsa... poco dopo le sei Axel era a casa mia e stavamo partendo per l'aeroporto. Interrogate chi volete: la mia governante, che ci ha preparato il caffè. Il portiere che ci ha aperto il garage, calcolate la strada e gli orari d'arrivo degli aerei...» Metz si alzò facendo rumore con la sedia. «È una buffonata» disse tra i denti. «Possiamo andare?»

«Un momento, dottore». Si erano alzati anche l'avvocato e il commissario. «Un momento... stanno verificando. Questa è la versione che ci ha dato anche l'autista. Stanno verificando gli orari».

«L'avete interrogato senza...»

«Sì, avvocato. Gli abbiamo chiesto dov'era a quell'ora. Sapevamo che aveva una specie di appartamento al pianterreno dell'agenzia. Gli abbiamo chiesto di seguirci. Ve lo restituiamo tutt'intero». Avrebbe voluto essere ironico, gli riuscì soltanto di apparire impacciato. «Niente di grave» aggiunse.

«E ora dov'è?»

Si erano avvicinati alla porta e il commissario mise fuori la testa. «Eccolo, sta arrivando».

Axel, tra due giovanotti in divisa, era pallido, per quanto gli consentisse il colore della sua pelle. Guardò Alex Metz. E in inglese domandò: *questi che cosa vogliono?*

«Niente, non ti preoccupare. Tu eri con me».

«Glielo faccia capire a questi... Dicono che sono complice: di che?»

«Lasciali perdere, ci pensa l'avvocato». Metz alzò gli occhi verso il commissario, che era più alto di lui di una buona spanna. «Possiamo andare?»

«Sì, certo... dovevamo. Avvocato, lei...»

«Sì, mi fermo. Salgo dal dottor De Lorenzi, vado a chiarire questa faccenda. Inaudita». Strinse la mano a Metz e fece un cenno all'autista, con un sorriso per tranquillizzarlo: avrebbe pensato anche a lui.

In strada fermarono un taxi.

«Ma da me che cosa vogliono?»

«Niente, non ci pensare. Tu eri con me».

A Natale erano tornati in Italia

A Natale erano tornati in Italia.

L'anno precedente il padre di Francesca era andato a trovarli, viaggio e albergo offerti da Alex. C'era rimasto quindici giorni. E quando aveva salutato Alex all'aeroporto, prima di imbarcarsi per il ritorno, l'aveva abbracciato: «Mia figlia è stata fortunata, sei un bravo ragazzo».

Non era sicuro di essere un bravo ragazzo. Per esempio, non aveva alcuna voglia di invitare sua madre, sapendo che avrebbe criticato tutto. Ora si era ripromesso invece di andarla a trovare, in quella sua vecchia casa dove si era seppellita con tutti i libri che aveva letto. E che l'aveva obbligato a leggere. Di questo le era grato. Anche di non averlo mai coccolato come si coccola un bambino, ma di avergli sempre parlato come si parla a un uomo. Anche quando aveva sei anni ed erano rimasti soli.

Durante il volo, per distrarre Francesca che aveva timore dell'aereo, le chiese in quale albergo avesse prenotato per loro.

«Papà vuole che stiamo da lui».

«In quella casa? E dove?»

«Ci ha ceduto la sua camera, e ha rinnovato il letto... reti e materassi nuovi, mi ha detto. Vuole così...»

«Mi dispiace, troppo disturbo».

«Lui ha detto che vuole così...» A un piccolo sobbalzo dell'aereo gli prese le mani con gli occhi sbarrati. «Che succede?»

«C'è un po' di turbolenza, ma stai tranquilla, questo bestione è solidissimo».

«Sì, quando non cadono». Un altro strillino soffocato a labbra strette. «Ma che succede?»

«Niente di...»

«Stanno dicendoci di allacciare le cinture e di stare seduti... non voglio morire così da scema!»

«Posso assicurarti che non morirai, è una turbolenza, bisogna lasciarla passare. Ne muoiono più sulle autostrade».

«Ma che discorsi fai? Lì sei sulla strada, qui sotto hai il vuoto... c'è il mare... come ti salvi?»

«Stai tranquilla, amore... se ci fosse pericolo sarei più spaventato di te. Per te. Invece sono tranquillo, perché so che appena fuori da questo grumo di nubi temporalesche, la navigazione proseguirà tranquilla sino all'arrivo. Abbi fiducia...»

«Ti rendi conto? Non rivedrò più l'Italia, mio padre, mia sorel... cos'è? Che cosa dicono?»

«Che stiamo venendone fuori... ecco, vedi? Il sole... Tranquilla?»

«Non voglio morire così».

«Nessuna probabilità... vedi, è finito... Calma? Vuoi bere qualcosa?»

«No, grazie: voglio arrivare e sentire la terra sotto i piedi».

La turbolenza non era del tutto superata. Per distrarla Alex le chiese notizie della sorella che aveva conosciuto soltanto al loro matrimonio. Di lei sapeva pochissimo: sposata, separata e convivente di un avvocato del quale era stata, e continuava a essere, segretaria particolare in un prestigioso studio del centro di Milano.

«Niente di speciale... sta bene, lui è ricco, beata lei».

«Ti manca qualcosa?»

«No, ma... le compra qualunque cosa, le pellicce...»

«Hai notato che in America le pellicce le portano soltanto le donne vecchie?»

«Sì, ma...» Sbarrò gli occhi. «Cos'è stato?»

«Hanno estratto il carrello, siamo arrivati».

«Karl mi ha detto che è il momento più pericoloso... l'impatto con il terreno».

'Imbecille' pensò. Ma le sorrise. «Però hai la terra sotto i piedi...»

L'impatto fu morbido. Ora l'aereo stava rullando sulla pista per raggiungere la propria posizione d'arrivo. Si arrestò con un piccolo balzo in avanti.

E scoppiò l'applauso.
«Perché applaudono?»
«Perché sono scemi».

La casa di papà Giuseppe, come desiderava essere chiamato anche da lui, gli parve come una donna vecchia un po' 'rimpallucciata', secondo una definizione usata da sua madre. Le macchie di muffa sulle tappezzerie in contrasto con il divano di pelle beige, i cuscini colorati, il tavolino dall'ardita sagoma a cono. Il parquet logorato che scricchiolava a ogni passo, nascosto dal tappeto a losanghe alternate color verde e carota. Il camino nero e fuligginoso con le due poltrone *capitonnées* di pelle rossa. Alla luce tenue e dorata che nasceva da una spirale luminosa messa in un angolo.

Sulla parete di fronte al camino, una libreria con pochi libri e molti oggetti inutili, un giradischi con alcuni dischi sparsi, e un apparecchio televisivo.

«Hai anche la tv… che ci guardi?»

«Poco o niente, noiosa. Comunque è lì, un regalo di Roberta».

«Bello, tutto nuovo» mormorò Francesca. E Alex si augurò che fosse soltanto un modo di dire per accontentare suo padre, che ne sembrava orgoglioso.

«Anche la camera da letto, che ora è per voi… venite, tutto nuovo».

«E tu dove dormi?»

«Nella tua camera, è più piccola e ci sto al caldo. Che ci devo mettere? Un letto, un armadio e una poltrona... poi ho il bagno vicino».

«Ti sei sistemato bene».

«Tua sorella... sai che quando si mette una cosa in testa... ha voluto così».

«E lei non viene?»

«Certo che viene. Anzi, vuole passare il Natale a Zelbio nella casa dei nonni. Lì ci stiamo tutti, anche tua madre» aggiunse, rivolgendosi a Alex.

«Grazie. Dubito che verrà...»

«Perché? Che ci fa a Milano da sola...»

«Mi ha scritto che non sta bene. Anzi, vi chiedo scusa, ma vado a trovarla. Mi aspetta».

Guardò Francesca che stava passando in rivista le fotografie esposte sui ripiani della libreria. «Vuoi venire?»

«No, grazie. Mi riposo un po'». Un bacio distratto e uno sbadiglio. «Mi butto sul letto, non sto bene».

«No, amore: è il jet lag, ne soffrono tutti».

«E che male è?»

«Gnagnera da fuso orario. Riposati, io torno per cena».

«Sì, mi raccomando. Che viene Roberta con il suo avvocato».

Sua madre era a letto.

«Che male ha?»

La governante che lui le manteneva aveva sbuffato. «Che male ha? Fa così per non parlare con nessuno...»

Appena lo vide, donna Armanda, come voleva essere chiamata, fece l'atto di prendere la vestaglia che era sul letto e di buttar fuori le gambe dalle coperte.

«Ma che fai? Rimettiti a letto». Si chinò in quel gesto del bacio sulla guancia, che da anni era soltanto un gesto. «Che cosa ti senti?»

«La voglia di andarmene» rispose, risistemando le coperte sul suo corpo minuto che sembrava scomparire in quel massiccio letto a due piazze. «Che ci sto a fare?»

«Questa l'ho già sentita, dimmene un'altra».

Sua madre gli rispose con una risata. Quando rideva gli ricordava la donna piccola e caparbia che era stata. Sola, in quell'enorme casa che non aveva mai voluto cedere. Esigente e cocciuta, ma spiritosissima.

«Mi ricordi tuo padre... beh, non so che cos'ho, il medico scuote la testa, mi raccomanda riposo. Che cosa si immagina, pure lui, che vado a correre al parco? Certo che sto tranquilla. Qualcosa al cuore e alla testa».

«Un ictus, come mi hai scritto?»

«Forse, ma leggero. Io ragiono benissimo».

«E ti ricordi chi sono?»

Risero insieme, e Alex si sedette accanto al letto perché Gracia stava portando il caffè per lui e le medicine per sua madre.

Le raccontò dell'America, del suo lavoro, dei progressi che aveva fatto in agenzia e dei suoi progetti.

«Vuoi aprire un'agenzia a Milano? Ti sembrano i momenti?»

«Se aspetti i momenti non ne esci più. Ci vuole coraggio, e quando saprò di essere pronto, so che ce la farò. Qui la pubblicità è indietro, forse ci vuole una scossa». Stavano parlando in inglese, e Alex si stupì di quanto fosse sciolta e veloce nelle risposte. Anche su argomenti che non le erano familiari.

«Tu sai che puoi contare sul mio conto in banca...»

«Mamma, c'è tempo».

«Ma voglio che tu vada a farti un'idea, che ci metti? Tutto quello che c'è è tuo, anche questa casa».

«Va bene, quando sarà il momento ne parliamo».

«Ma vai in banca a controllare la situazione, fammi contenta».

«Andrò in banca».

«Così va bene». Si distese in un sorriso, poi tornò seria. «E quell'acqua cheta di moglie che ti sei scelto?»

«Di nuovo siamo a quella? L'ho lasciata a letto perché soffre il cambio di fuso orario. Capita anche agli uomini».

«A te, no».

«Ci sono abituato».

«A me non capitava».

«Perché sei una roccia».

«Appunto, a lei sì. Figli?»

«Stiamo lavorando tutti e due».

«E questo vi impedisce di fare l'amore?»

«Saranno un po' fatti miei?»

«Vabbe'... non ho mai capito perché l'hai sposata. Mi piaceva più l'altra con la quale andavi a letto».

«Ma che ne sai?»

«Cicci... si chiamava Cicci e mi sembrava tosta».

«Più vista». Si accorse che voleva prendere il bicchiere dal comodino e l'aiutò a bere.

«Vieni con noi a Zelbio, per Natale?

«Sono vecchia ma non sono impazzita... a Zelbio con tutta la famiglia?» Fu una risata sguaiata, che le mandò di traverso l'acqua che stava bevendo. Tossì, diventando paonazza. Annaspò con le mani nel vuoto e ricadde sui cuscini. Occhi chiusi, bocca spalancata, il respiro faticoso come un affanno.

Gracia, che forse era rimasta dietro la porta socchiusa, arrivò precipitosa accanto al letto e la sollevò sui cuscini: un'operazione che probabilmente aveva fatto altre volte.

«Che cosa succede?» chiese Alex.

«Deve stare calma...»

«Era calma, stava ridendo».

Prima del dottore arrivarono tre donne, una sconosciuta e la signora del piano di sotto con la portiera. Gracia lo sospinse verso la porta.

«Vai di là, dottore... lascia fare a loro... quella fa miracoli... vai di là».

«Ma che fanno?»

Oltre le loro schiene curve sul letto, vide sua madre nuda con bestie nere luride e scivolose sulla pelle. «Ma che fanno?»

«Vai di là dottore. Vai...»

'Di là' era lo studio di sua madre. Le sue librerie con i libri che aveva letto. La sua scrivania disordinata, una busta chiusa per l'avvocato, soldi, tessere. Una fotografia di lui quando si era laureato, in mezzo agli altri: il più basso di statura, con quel ridicolo cappello sulla fronte, l'unico con la barba e senza sorriso.

Si sedette al posto di sua madre e chiuse gli occhi.

Dallo scaffale che aveva alle spalle aveva preso senza sceglierlo il *Diario di uno scrittore* di Dostoevskij. L'aveva aperto a caso e aveva letto: «La morte di George Sand».

... compresi quale significato abbia avuto questo nome nella mia vita...

Quale significato aveva avuto sua madre, nella sua vita?

Non riuscì a rispondersi. Una madre molto assente, ma straordinariamente presente nei momenti in cui ne aveva sentito il bisogno. Mai con una carezza, non era così che si alleva un uomo.

Non era così.

Sentì la porta d'entrata aprirsi, alcune voci, e riconobbe quella del dottor De Santis.

«Dove… quand'è successo?»

Altre voci, rumore di scarpe sulle piastrelle del corridoio. Si sforzò di rimanere seduto con quel libro davanti. In *confusa certezza*…

Aprì gli occhi nello stesso momento in cui il dottor De Santis stava chiedendo il permesso di entrare.

«Mi dispiace… non c'era più niente da fare. Aveva già avuto…»

«Grazie, sì». In piedi, dietro la scrivania di sua madre. «Che cosa le facevano quelle donne?»

Il dottore scosse la testa. «A volte i vecchi sistemi… sanguisughe, a volte… ma per sua madre tutto è stato inutile. Un ictus… Ecco, questa è la dichiarazione di morte e questa la mia piccola nota… c'è tempo, dottore, c'è tempo… Se vuole dare una piccola mancia agli infermieri e anche alla donna… lei non ha colpa, l'hanno chiamata e lei… se vuole, non c'è obbligo, dottore. C'è tempo… Gracia sa quello che deve fare, lo sa…»

Quando lo riaccompagnò alla porta aveva distribuito soldi a tutti, saldato fattura e mance. Le donne ringraziarono facendosi il segno della croce, gli infermieri voltandogli le spalle.

Soltanto Gracia gli disse, sottovoce: «Mi dispiace, dottore, lei era buona».

Composta nel suo letto, una fascia sotto il mento, le labbra rosa. Alex restò a fissarla a lungo, stringendole la mano che si era fatta fredda, rigida.

Verso mattina Gracia lo pregò di andare in un'altra stanza, con alcune donne – probabilmente dell'impresa funebre – doveva rivestirla come lei aveva scelto: una tunica a fiori e pantaloni di seta bianchi. Le riavviarono i capelli, qualcuno le passò una cipria rosa sulle guance e un'ombra di rossetto sulle labbra.

Gracia non piangeva. «Mi aveva detto che voleva così… pensi, dottore, l'ha aspettata per morire… le voleva bene».

«Certo, anch'io». Difficile da credere, ma era vero.

A causa del Natale accelerarono le operazioni del funerale. Donna Armanda fu seppellita in una tomba che aveva scelto lei stessa, lontana dal resto della famiglia e dal marito, primo o secondo che fosse. Sola in mezzo a estranei, come aveva sempre vissuto.

Prima di partire per Zelbio, Alex fece in tempo a incontrare l'avvocato Sivieri, a controllare la banca e i documenti che sua madre gli aveva lasciato: era stata molto accorta e prudente, come poté constatare.

«Se posso fare qualcosa…»

«Grazie, avvocato. Quando tornerò in Italia mi piacerebbe poter contare ancora su di lei».

«Naturalmente, Alex».

«Grazie, avvocato. Anche da parte di mia madre».

«Pace all'anima sua… che di pace in terra ne ha sempre avuta poca».

«Un giorno mi racconterà».

«No, Alex. Lei non ha mai voluto».

A Zelbio fu soprattutto il Natale di Roberta

Il Natale a Zelbio fu soprattutto il Natale di Roberta. Infiocchettò la casa e l'albero che era in mezzo al giardino; preparò pacchi e pacchetti per tutti, riempì il frigorifero di alcune prelibatezze che aveva acquistato in un famoso negozio del centro: piatti già pronti, leccornie da mettere soltanto in forno.

Gracia dopo il funerale era partita per il suo Paese, mentre alla cameriera di papà Giuseppe avevano dato una settimana di vacanza.

«Così dobbiamo farci i letti e lavare i piatti...»

«Capirai, madama la marchesa... Dopo te ne vai in crociera. Quando partite?»

«Il 27, e torniamo il 9 gennaio». Sempre precisa, da perfetta segretaria.

«Accidenti... anche noi torniamo a Milano, vero Alex?»

«Sì, io ho alcune faccende da sbrigare a Milano per la Thompson... se vuoi venire anche tu».

«Ci puoi giurare, che ci resto a fare a Zelbio con papà? Gli riportiamo la sua Evelina e noi restiamo a Milano da soli».

«Come vuoi».

Per Natale, tra i gioielli di sua madre che aveva trovato in cassetta, aveva scelto un filo di perle con un ciondolo: un cuore di cristallo di rocca contornato di brillantini. Gli era sembrato adatto a Francesca, anche se non le aveva mai visto anelli o altre cianfrusaglie addosso. Di quella collana fu invece felice. Volle sfoggiarla subito sul completo molto americano di lana d'angora color azzurro pastello che le arrivava al ginocchio. I capelli sciolti, un'ombra di trucco, ai piedi le ballerine dello stesso colore dell'abito.

Quel pensiero sfiorò tutti: sembrava una bambina. Suo padre e l'avvocato di Roberta glielo chiesero quasi insieme: «E figli, voi due?»

«Abbiamo tempo…»

Quella notte, nel grande letto che era stato dei nonni e che ora suo padre aveva destinato a loro due, fecero l'amore come era stato all'inizio del loro rapporto. Lei nuda, con la collana di perle al collo, rideva.

Rideva, e lo chiamava amore.

Questo era stato il secondo Natale, da quando si erano trasferiti in America. L'anno successivo avrebbero rinunciato al viaggio in Italia per ragioni di lavoro e anche perché Roberta e il suo avvocato sarebbero passati a salutarli prima della loro vacanza in California.

«Perché non venite anche voi?»

«Non possiamo. Il 3 gennaio ho un appuntamento in studio, ed è importante: un nuovo cliente».

«Ma Francesca...»

«Se vuole...»

Francesca aveva risposto di no. Ma quando restarono soli Alex pensò di doversi giustificare.

«Mi dispiace... sto ristrutturando l'appartamento di mia madre, e ci sta costando più di quanto avevo previsto».

«Che cosa ce ne faremo poi di quella casa grande e decrepita... io non ci verrò mai».

«È in mano a un architetto, sta venendo molto bene. Sono sicuro che ti piacerà».

«E vuoi lasciare la Thompson? E tornare in Italia?»

«Lo sai. Io voglio la mia agenzia. E la voglio in Italia».

«E io non conto niente? Che razza di moglie sono?»

«Una razza molto amata, lo sai...» Le fece una carezza e non volle accorgersi che Francesca si era scostata, come infastidita. «Tutto questo è per te e per me. Avremo un'agenzia nostra, lavoreremo insieme. E questo dovrebbe piacerti».

«Karl dice che è pura follia».

Alzò la testa di colpo. «Ed è per condividere questa follia che mi ha chiesto ripetutamente di venire con noi, in Italia?»

Era arrossita. Non volle accorgersene: era arrossita. «Aveva detto...» Si interruppe. «Mi pareva che non fosse d'accordo».

«È importante?» Si pizzicò il naso tra l'indice e il pollice della mano destra. «È importante l'opinione di questo tedesco di merda, se io invece ti dico che sarà un successo e la nostra sarà la più grande agenzia italiana?» Non si era accorto di aver alzato il tono di voce e se ne pentì. «Comunque, se vuole imbarcarsi con noi dovrà accettare le mie condizioni. I nostri futuri clienti sono tutti in mano mia».

«Anche la Stokkard?»

Gli sembrò una domanda cattiva.

«So che ti sorprenderà, ma alla Stokkard parlano più volentieri con me in inglese che con lui in tedesco. Comunque, se vuole...»

Un gesto senza importanza

«Lavori anche stasera?»

Notò che si era cambiata, con la gonna a pieghe che le arrivava al ginocchio aveva indossato una maglietta azzurra, aderente sul seno.

«Sì, scusa… Devo rivedere la presentazione di domani a Sympson. Lo sai anche tu che è importante, e questa proposta fa schifo». Aveva in mano alcuni fogli e li stava esaminando con aria scontenta. «Manca mordente… perché dovrebbero assegnare a noi questa campagna?»

«Figuriamoci… l'ha scritta Schultz, è un suo cliente. Che cosa c'entri tu?»

Alex scosse la testa. «Non è un cliente di Schultz, ma dell'agenzia di cui io sono direttore creativo e vice presidente. A una campagna così io non darei cento dollari. Mi dispiace, ma devo sistemarla in modo da renderla convincente».

«Quello non si lascia convincere tanto facilmente, lo sai anche tu. Il prodotto fa schifo».

Si stupì di sentirla così informata sui clienti dell'agenzia, soprattutto su Sympson, che era un acquisto recente. Si pizzicò il naso e le sorrise: volle credere che fosse interesse per il suo lavoro. «Quando non puoi convincerli, i clienti, sorprendili. Ecco, domani io sorprenderò questo drago della finanza che ci darà da amministrare il terzo budget più importante dell'agenzia». Le stava sorridendo, e alzò verso di lei il bicchiere con due dita di vino che aveva lasciato sul tavolo. «Magari, quando ho finito, se vuoi...»

«No, non importa. Volevamo andare al cinema, c'è quel film con Marlon Brando».

«Con chi volevi andare al cinema?» Già pronto a cedere.

«Con Annalise e Schultz, ci ha invitato lui. Passavano a prenderci...» Si tolse la sciarpa che si era legata al collo, come una cravatta, e l'appoggiò sullo schienale della sedia. «Non importa» ripeté. «Ora telefono».

«No, avanti... se passano a prenderti perché non vuoi andare? Di sicuro ti riaccompagnano, quindi che problema c'è?»

«Che tu non ci sei...»

Alex si alzò, prese la sciarpa e gliela appoggiò su una spalla. «Avanti, non fare capricci. Quando torni...»

Stava sorridendo sollevata. «Ti porto il gelato?»

«Sì, amore...» Alzò la testa e rispose al citofono. «Scende subito... poi me la riportate a casa... Ciao». Guardò Francesca che era arrossita. «Vai... ti aspetto alzato». La baciò due volte e Francesca si lasciò baciare. Quando gli disse ciao, stava passandosi la mano sulla bocca.

Ma era certamente un gesto senza importanza.

Capitò altre volte. Un cinema, uno spettacolo, una mostra di quadri o una conferenza. Una volta, con altri dell'agenzia, anche un ballo. Alex non sapeva ballare, Karl Schultz con molta eleganza. E Francesca sapeva assecondarlo con la grazia di una bambina impegnata a dare il meglio di sé. Perché era felice.

Arrossiva ai complimenti, si lasciava guidare con quel braccio che premeva intorno alla sua vita, e la mano stretta nella mano di lui. Che sorrideva.

Che sorrideva a tutti.

Non era la felicità, ma qualcosa che somigliava alla felicità che aveva sperato.

Non era più sola.

Ambizione. Vanità. Sete di potere...

Non erano pensieri suoi, lei non avrebbe mai saputo definire quella passione di Alex per il proprio lavoro in modo così severo.

Lei, forse, poteva persino capirlo. Era sempre stato così anche quando lavorava in biblioteca o studiava nel giardinetto del bar Roseto, dietro l'università.

Erano giudizi di Schultz per farle sentire quanto suo marito la trascurasse.

«Tutto questo lavoro e intanto tu sei sempre sola» le diceva. «Che cosa crede di ottenere? Thompson gli farà lo sgambetto, non gli permetterà mai di salire ai piani alti. Che cosa vuole?»

«Un'agenzia in Italia, a Milano. Un'agenzia tutta sua». Voleva esserne orgogliosa.

«È un pazzo presuntuoso. Non ce la farà mai. Non ha neppure idea di quanto costi un'agenzia che funziona. Mi dispiace, perché trascina anche te in questa follia».

E Francesca cominciò a sentirsi sola, trascurata, messa da parte come un oggetto ingombrante, forse inutile. E tutto quello che aveva e che le era sembrato così bello e eccitante iniziò a pesarle: una cappa grigia che l'avvolgeva come una nebbia togliendole il sorriso.

Invidiava a sua sorella l'uomo ricco che l'amava, i loro viaggi, la loro bellissima casa nella zona Monforte, le sue pellicce e i suoi gioielli: lei, che non ne aveva mai avuti e non li aveva mai neppure desiderati.

Ora le pesava quella casa uguale a tutte le altre case del palazzo, senza personalità. Una casa in cui lei non aveva aggiunto niente. La casa di altri, che mai sarebbe stata sua.

Un lavoro noioso, impersonale, con la convinzione di poter fare di meglio e di più.

Una vita che ruotava intorno al lavoro di Alex,

ai soldi, al futuro. Che era lontano, troppo lontano dalle sue piccole mani pallide dalle unghie rosa, come quelle di una bambina.

Monica, l'amica giornalista che le aveva insegnato a scegliere i vestiti, la nuova pettinatura con le *mèches*, il trucco pallido che metteva in risalto il colore ambiguo dei suoi occhi chiari. A Monica lo disse.

«Sei pazza? Che cosa vuoi fare, vuoi lasciarlo?» Sembrava realmente scandalizzata da un gesto che in America sembrava normale. «Ma è tuo marito, ti rendi conto di quello che dici?»

«Lui è sposato con il suo lavoro e io sono sola... Karl mi ama e io amo lui. Lo amo da morire».

«Non fare sciocchezze, Francis. In America siamo bacchettoni, non te la perdoneranno mai».

«E chi? Mi farò licenziare, troverò un altro lavoro e finalmente sarò libera».

«Sarai sola...»

«No, avrò Karl tutto per me. Lui vive solo, sono gelosa... non mi dice mai dove va, chi vede... lo voglio tutto per me, lui è il mio amore per sempre».

Nel grattacielo all'altro lato della strada c'era un ampio negozio di giocattoli su due piani

Si era fermato davanti alla parete-finestra alle spalle della sua scrivania per accorgersi, dopo anni che lavorava in quello studio, che nel grattacielo all'altro lato della strada c'era un ampio negozio di giocattoli su due piani.

Lo stupirono i colori, le insegne, la musica. Lo stupì il numero di persone che in quei pochi minuti vide entrare e uscire a flusso continuo. Bambini, ragazzi, donne e anche uomini soli.

Cercò di immedesimarsi, di capire che cosa poteva provare un uomo che entra in un negozio di giocattoli: per un bambino. Per un figlio. Scegliere con raziocinio un oggetto che deve piacere a un bambino. Che non l'ha chiesto, che forse non sa neppure che esiste. Che gli piacerà o che lo deluderà.

Sorrise. 'Non fare il pubblicitario, accidenti. Tu come saresti?'

Scosse la testa. Quella sera Annalise li aveva invitati a cena a casa sua. Con un sorriso persino commosso. Anche Lukas gli aveva stretto la mano dicendogli che ci sarebbe stato. Chi altri?

Pensò all'improvviso, dati questi comportamenti che non sembravano normali, che fosse il suo compleanno. Poi si ricordò che mancavano ancora due mesi.

Qualcosa che riguardava qualcun altro, non lui.

Francesca era cambiata. Gli sembrava tornata tenera e allegra, meno preoccupata del lavoro. Più disponibile. Non facevano l'amore da un tempo che gli sembrò esagerato perché lei aveva una leggera infiammazione e si stava curando. Ma era tornata la sua ragazza piena di slanci, di risate e di lunghi silenzi.

'Stasera quando torniamo a casa le chiederò se è guarita'.

Guardò per un attimo quella baraonda di luci e di colori e di gente che entrava e usciva dal negozio, e sorrise ancora.

Quella notte, forse…

Arrivarono da Annalise separatamente perché Francesca si era offerta di dare una mano. C'erano già tutti, anche il dottor Vizal della direzione amministrativa che di solito non partecipava mai a queste feste aziendali. Louise e Frankie delle Pubbliche Relazioni, e anche i due copy che ora stavano lavorando con Schultz per un nuovo cliente. Sembravano a disagio, ma Lukas era in vena.

«Bevi, direttore».

Alzò il bicchiere verso Francesca, e le sorrise.

Fu in quel momento che si accorse di una torta

appoggiata su un mobile della sala da pranzo, una torta a due piani come quelle dei matrimoni, tutta bianca rosa e azzurra. Invece della coppietta di sposi, gli sembrò di vedere in cima due scarpette da neonato. Bianche.

Annalise?

Si stupì di non sapere se fosse sposata.

La cena fu allegra e abbondante. Lukas baciò Annalise un paio di volte, tra brindisi e risate, sembrava un gioco.

Francesca, nel suo abito di seta a fiori che le lasciava libere le spalle, era bellissima. Si emozionò, guardandola, come se volesse riconoscerla.

Alta e sottile, le braccia e le spalle magre; il viso pallido senza trucco, in quell'ovale perfetto il naso sottile che sembrava disegnato con un colpo di matita all'insù, e i suoi occhi grandi sotto l'arco delle sopracciglia scure.

Era bella e lui l'amava.

Schultz era stato particolarmente silenzioso, ma non si stupì: l'eccessiva ostentazione di allegria di Lukas certamente disturbava il suo stile di intellettuale europeo. Lo stupì, invece, che in tutta la sera non si fosse mai avvicinato a Francesca. Sapeva che lavoravano spesso insieme e che avevano un buon rapporto.

'Tipo difficile' pensò. E con un certo disagio si ricordò la battuta: *tedesco di merda*…

Stavano sparecchiando, Francesca si muoveva tra la tavola e la cucina. Quando gli passò vicino si chinò verso di lui. «Tutto bene?»

Non le rispose ma le passò una mano sulla schiena. Una lunga carezza, e la sentì irrigidirsi. «Scusa...» mormorò, e tolse la mano.

Lukas stava versando champagne, o qualunque cosa fosse con le bollicine, nei bicchieri di plastica a flûte.

«Il brindisi» gridò Louise. «Vogliamo il brindisi... Avanti, direttore».

Stavano ridendo. Qualcuno gli batté una mano sulla spalla. «Allora?»

«Non capisco... che succede?»

«Ehi, papà... allora?»

La torta era in mezzo alla tavola, stavano battendo le mani. E guardavano lui. Che stava fissando Francesca.

«Bacio! Bacio!...»

Lei gli sfiorò la bocca, sapeva di vino e lui strinse le labbra.

«Maschio o femmina?»

«Ma povero... non sapeva niente... Direttore, sarai papà!» esclamò Annalise. «Un brindisi, avanti. Ti manca la voce?»

Era commossa mentre alzava il bicchiere.

Continuarono a parlare di quel figlio che sarebbe nato. Sapevano quando. Scommettevano sul sesso.

Ridevano come se fossero ubriachi e lui, l'unico in mezzo a loro, che non avesse bevuto niente.

«Sei contento?»

«Sorpreso, naturalmente. Un po' all'improvviso...»

Cercò Francesca con gli occhi, stava ridendo con Annalise e con Frankie. Parlava muovendo le mani, le sue mani lunghe e pallide. Il suo corpo. Con gli occhi le accarezzò la schiena, il collo nudo, i suoi capelli raccolti come un ciuffo a casaccio che le ricadevano sulla fronte. Rideva. E ogni tanto, senza muovere la testa, lo sfiorava con uno sguardo preoccupato.

Andando verso di lei sentì che stava dicendo: «Lui è così, non lascia mai vedere le sue emozioni, è chiuso come un riccio».

«Possiamo andare a casa?» domandò, avvicinandosi.

«Certo, sì...»

«Domattina io devo partire...»

«Già, vai a Basilea, accidenti». All'improvviso Lukas era tornato serio. «Con chi ci vai?»

«Con due ragazze svedesi».

«Smettila di scherzare, vai solo? Vuoi che venga con te?»

«No, grazie. Il primo incontro preferisco affrontarlo da solo. Vado a sentire chi sono e che cosa vogliono».

«Sono forti». Finalmente la voce di Schultz.

«Lo so, altrimenti manderei lei». E lo fissò sorridendo, perché gli altri capissero che stava scherzando. «Grazie a tutti e buonanotte». Strinse la mano soltanto a Annalise. «Grazie, bella serata».

«E tu fa' giudizio, eh... papà».

«Chissà...»

Nessuno riuscì a ridere.

C'era nebbia, era scesa all'improvviso e come capita spesso a New York era fittissima. Una fila di macchine lunga e regolare stava procedendo a passo d'uomo. Quando finalmente riuscì ad arrivare al cancello del garage, Francesca si passò le mani sul viso.

«Ho avuto paura» mormorò. Stava tremando.

«Sei a casa, ora». Guardandola alla luce dell'androne, si accorse che stringeva in una mano le due scarpette bianche della torta, e si morsicò le labbra. Se ne fosse stato capace avrebbe pianto. O urlato.

In casa, senza rivolgerle la parola, andò in spogliatoio a terminare la valigia, che depose chiusa accanto alla porta, con la sua borsa nera dei documenti.

Si accorse che Francesca si era seduta su una delle due poltrone, forse aspettando che lui dicesse qualcosa.

Invece lo guardò andare verso la cassaforte a muro, nascosta dietro la riproduzione della colomba di Picasso. Sentì il rumore di quella serratura che si apriva, lo vide frugare all'interno, e per un attimo pensò che avesse nascosto un regalo che aveva preparato per un'occasione come quella. Era un gesto che gli somigliava, non l'avrebbe sorpresa.

Si stupì invece quando vide Alex appoggiare sul tavolo che era in mezzo a loro una busta azzurra con l'intestazione di un ospedale italiano.

«Leggi» le disse con voce dura, sedendosi di fronte a lei. «Io non posso avere figli».

«Come, non puoi? Che cosa significa? Non dire stupidaggini». Stava urlando, e intanto tremava.

«Leggi... questa è la copia, l'originale è in mano al mio avvocato».

«Come, non puoi avere figli? Non me l'hai detto... Ma allora il nostro matrimonio non è valido, non me l'hai detto» strillò. «Ti rendi conto? Non me l'hai detto». Era rossa in viso, gli occhi sbarrati. All'improvviso era diventata brutta.

«Vedi? Potremo annullare il nostro matrimonio che non è valido. E faremo in fretta».

«Ma perché? Perché? Sei un mostro».

«Hai ragione, sono un mostro: per questo non voglio figli. Niente che somigli a me».

«Ma tu... tu, ti rendi conto...»

«Sì, mi rendo conto che mia moglie è andata a letto con un altro ed è rimasta incinta».

Si alzò, sembrava calmo. «Domattina parto e starò via sei o sette giorni. Quando torno non voglio più trovarti qui...»

«Ma non è vero... ascolta... e dove vuoi che vada?»

«Non in questa casa. Io non posso convivere con l'amante di un tedesco di merda». Di colpo, aveva capito tutto. Si passò una mano sulla fronte. «Se ora vuoi andare in camera, io dormo qui, devo alzarmi alle sette».

«Ma non possiamo parlarne? Non credi di avere un po' di colpa anche tu?»

«Davvero? Interessante».

«Tu sempre attaccato a quella maledetta macchina per scrivere... veniamo a casa e tu ti metti subito a lavorare... io ero sola, non parlavamo, non andavamo da nessuna parte... Accidenti, Alex: tu hai sposato l'agenzia, non me».

«Credevo di farlo per noi, per te... Tu volevi una casa tua, io volevo che tu avessi quello che desideravi. Lavoravo per noi, per te... Mi dispiace. Forse ho preso l'amore dalla parte sbagliata, io volevo che tu fossi felice».

«Felice? Mi chiedo se ti sei mai accorto che io esistessi».

«Qualche lagnanza, in proposito?» Ora la rabbia si confondeva con l'ironia, la situazione gli sembrò a un tratto persino comica.

«Oh, il letto, sì... la perfezione. Ma io volevo essere amata, capita, ascoltata. Lui lo fa».

«Bene, ce l'hai. Vi libererò di me nel più breve tempo possibile. Ora, se non ti dispiace...»

«Lo farai licenziare?»

«Perché? Il suo lavoro lo sa fare». La guardò con un sorrisetto a fior di labbra perché capisse che voleva essere ironico e alludere a quello che aveva fatto anche a lei. «Con noi tre l'agenzia non c'entra. Lasciamola fuori dai nostri pasticci».

«Sei un mostro! Credi di essere amato, in agenzia?»

«Mi pagano profumatamente per essere ascoltato. L'amore rende meno».

«Sempre la battuta... accidenti a te. Me lo diceva Paolo che non hai cuore, solo cervello».

«Avresti dovuto ascoltarlo. Temo per te che tu mi abbia sposato soltanto per venire in America. Come vedi non basta. Soprattutto non basta a me. Ora, se non ti dispiace...»

Francesca si era alzata dalla poltrona e gli si fece vicina, sperando di commuoverlo. «Senti... se è per il bambino... io posso, qui si può...»

«Forse ti sorprenderò, Francesca: ma di te, del bambino e di quell'altro a me non importa assolutamente niente. Chiederò al mio avvocato di iniziare le pratiche per annullare il nostro matrimonio. Di quello che farai tu, scusa, ma non m'importa niente. Ora vorrei dormire». E spense la luce.

La riaccese, prima che Francesca uscisse dalla stanza. «Da quanto dura?» domandò. Come per rendersi conto di come fosse stato stupido e cieco.

«Da quando siamo tornati dall'Italia, dopo Natale. Io ero triste e lui l'ha capito».

'Anch'io' pensò. 'Ma non sono stato capace di dirtelo. Forse non ti ho amata abbastanza, ma lui non ti amerà più di me'.

La sentì uscire dalla stanza, aprire la porta del bagno. Per un attimo fu colto dal timore che facesse qualcosa di irreparabile. Fu tentato di seguirla, ma la sentì ritornare. «Guarda che se io vado via da qui, non torno indietro» lo minacciò.

«Infatti».

«Io lo sposerò, appena sarò libera».

Sorrise di quel maldestro tentativo di ingelosirlo. Non poteva immaginare, lei così fragile, che questo dolore lo avrebbe invece protetto.

«Auguri» disse tra i denti. Rassicurato: Francesca non stava soffrendo, stava soltanto cercando di salvare se stessa a ogni costo.

Mise la testa sotto il cuscino: sapeva che non avrebbe dormito. Ascoltò i rumori che conosceva, l'acqua della doccia, i vasetti delle creme sul cristallo delle mensole, il sapone che cade nel lavandino, le capitava ogni volta, il pettine. E lei che piangeva.

Amore, amore, amore mio... perché?

Doveva abituarsi a non amarla più. A pensare a lei con il distacco che ti separa da un'estranea.

A Basilea lo aspettava un cliente...

Non ci sarebbe andato. Avrebbe detto in agenzia che...

Alle nove l'aereo.

Non aveva più testa… a che cosa gli era servita se aveva perduto la donna che amava?

Sì, che aveva testa, che sapeva quello che avrebbe detto. Su quel problema di Basilea ci aveva studiato per settimane per essere pronto.

A Basilea… ci sarebbe andato e avrebbe vinto. Monsieur Bouvard avrebbe trovato affidabili le sue proposte e gli avrebbe offerto il budget più cospicuo dell'agenzia. Thompson lo avrebbe promosso. Avrebbe avuto altre azioni dell'agenzia, la casa…

Ma non avrebbe più avuto Francesca.

L'amore della sua vita.

Faranno tutti finta di non sapere, di non vedere, di non parlare... tutte scimmie ammaestrate

«Non mi vuole più... mi ha buttata fuori di casa».

Aveva appoggiato la schiena al muro, tra le due finestre, e guardava il vuoto sopra le loro teste. «Mi ha buttata fuori di casa» ripeté.

Annalise fece scorrere la sedia e si alzò, già pronta ad arrabbiarsi. «Chi non ti vuole?» domandò. Avendo capito.

«Alex... Non so come fare a dirtelo, ma sono disperata. Questo figlio non è suo».

«Come sarebbe... che ne sa?»

«Lui non può averne». E le raccontò della busta, del certificato, dell'avvocato. «Non è suo...»

«Lukas?» domandò, quasi inorridita. Ma non attese risposta, si ricordò di tanti particolari che le erano sembrati normali e che ora le apparvero evidenti. «Schultz? È lui il fetente?»

«Io lo amo... non so come sia successo».

«E lo saprai, sì, accidenti. Comunque meno male che è lui... Vi sposerete e...»

«No, non mi vuole... non può. Ha una moglie dalla quale non può separarsi...»

«Sì, l'ho sentita anch'io questa storiella, ma ora c'è un figlio di mezzo, farà il suo dovere».

Francesca scosse il capo e le girò le spalle. «Ha detto di no».

«Ha detto di no? Ma chi si crede… è un dovere, che uomo è?»

Questa volta fu Francesca a sorridere. Girò appena la testa, stava piangendo. «Un tedesco di merda».

«Accidenti, Francis: che cosa vuoi fare?»

«Tra tre giorni torna Alex e gli lascio libera la casa… continuerò a lavorare in agenzia perché in queste condizioni non mi vuole nessuno… e cercherò di diventare invisibile. Che cosa diranno, qui?»

«Niente, se li conosco. Faranno tutti finta di non sapere, di non vedere, di non parlare… tutte scimmie ammaestrate. Ma tu che cosa vuoi fare con il bambino?» domandò con il viso severo, già pronta a disapprovare una soluzione drastica, contraria ai suoi principi di cristiana.

«Lo voglio, questo bambino». E si accarezzò il ventre con la mano. Stava sorridendo con gli occhi lucidi, ma non avrebbe pianto. «Io lo voglio».

Annalise l'abbracciò, rasserenata. «Vuoi tornare in Italia?»

«No, ora no. Il mio bambino americano… poi mio padre o mia sorella… Ora vorrei restare ancora qui, almeno finché nasce».

«Bene, se ti accontenti… è andata via la ragazza

australiana che a casa mia occupava la stanza di sopra. Stanza e bagno… non è il grand hotel, ma lei ci ha vissuto sei mesi. Se vuoi, ora puoi viverci tu, almeno finché nasce il bambino. Staremo insieme, se vuoi…»

«Grazie… grazie, sì». Non voleva piangere.

«Maschio o femmina, lo sai?» Francesca disse di sì, mordendosi le labbra. «Maschio?» insistette Annalise, passandole una mano sul ventre che sporgeva appena da sotto la camiciola di cotone. «Maschio?»

«Femmina. Vorrei che fosse femmina… la mia bambina». Si stavano abbracciando e sopra le loro teste, in un cielo teso e azzurro, passò un aereo. Una traccia bianca e sottile, senza rumore.

Entrò nella hall dell'Hotel Crystal

Entrò nella hall dell'Hotel Crystal, abbagliante di luci, specchi, marmi e dorature, con la consapevolezza di star superando la soglia di uno degli alberghi più cari del mondo. Il direttore, riconoscendolo, gli andò incontro tendendogli la mano. «Buonasera signor Metz, posso esserle utile?»

«Per la convention della prossima settimana...»

«Sì, sono state qui due signore del vostro ufficio Pubbliche Relazioni, hanno scelto il salone, il menu, i tavoli... In settimana ci forniranno i segnaposti e l'ordine dei tavoli... Vuole fermarsi?»

«Sì, grazie. Che intrattenimento hanno scelto?»

Mentre il cameriere stava servendo gli aperitivi, Alessandro Metz sfogliò le riviste che il direttore gli aveva messo sul tavolo.

«Proprio in questi giorni è arrivata Thajleen, la ballerina thailandese... nessuno l'ha mai vista in America. Uno spettacolo di altissimo livello, la più grande attrazione del momento...»

«È qui?»

«Sì, vuole conoscerla?»

«Se fosse possibile… posso invitarla a cena?»

«Non so se accetterà, ma possiamo chiederglielo».

Non accettò di cenare con lui, ma lo invitò in un salottino privato, dove aveva preparato un infuso al profumo di cannella.

Alex restò sulla porta a fissarla. Aveva visto le foto dei suoi spettacoli. Un primo piano artistico del viso e una fotografia a figura intera, mollemente drappeggiata in veli trasparenti. Fu sorpreso dalla donna che aveva di fronte, seduta nella posizione del Loto su un cuscino di raso, scandalosamente rosso, sotto e intorno a lei, che era pallida e fragilissima. Restò a fissarla, come se fosse incapace di pronunciare qualsiasi parola: era la donna più bella e complicata che avesse mai visto.

E glielo disse.

Thajleen gli sorrise. «Complicata?» Con un gesto gli indicò il cuscino accanto al suo.

«Impossibile da descrivere» le spiegò.

Alex rinunciò all'infuso e Thajleen gli versò un whiskey. Rideva, appena muovendo le labbra sottili e socchiudendo gli occhi, che aveva scuri e profondi, umidi e fissi, come se per guardare cose diverse avesse bisogno di muovere la testa, incapace di volgere soltanto lo sguardo.

«Sei bellissima» le disse a un tratto. Dopo aver parlato a lungo della Thailandia. Della sua danza erotica. Dei suoi gesti lenti come una carezza, in quel profumo intenso di cannella.

«Sei bellissima».

Il suo corpo, che ormai i teli leggeri e sovrapposti non coprivano più totalmente. Il suo corpo...

«Devi andare?» gli chiese, alzandosi.

«No, se vuoi. Ho sempre una camera in questo albergo».

Gli tese le mani. Piccole, affusolate, morbidissime.

«Andiamo, allora... posso restare con te?»

La camera all'Hotel Crystal, al secondo piano, doveva servire eventualmente per qualche cliente dell'agenzia che non avesse prenotato. Una sicurezza.

Quella notte fu la sua camera. Una grande camera matrimoniale, con le luci soffuse, un leggero profumo d'agrumi, il bagno di marmo, il copriletto e le tende di raso, l'ampia poltrona che li accolse abbracciati.

E Thajleen restò nuda davanti a lui. Il corpo minuto, ambrato e armonioso. I capelli sciolti che le arrivavano lisci e compatti oltre la vita, i gesti assonnati. La sua bocca.

Si addormentarono mentre dalle finestre filtrava già la prima luce del giorno.

Lasciandola addormentata nel loro letto, le fece arrivare un mazzo di rose bianche.

«Bianche, dottore?» gli chiese lo stylist del fioraio dell'hotel.

«Bianche. E una sola rosa rossa, al centro. Camera 612».

«Biglietto?»

«Non è necessario, grazie».

Alla reception firmò la scheda e lasciò una mancia molto signorile. Il ragazzo di colore all'entrata gli spalancò la porta vetrata. «Taxi, signore?»

«Grazie, bella giornata».

Nel pomeriggio, guardando la sistemazione dei posti ai tavoli della cena di gala per Thompson e il nuovo cliente californiano, al tavolo della presidenza aggiunse un posto, accanto al proprio nome.

«Chi è, direttore?» gli chiese Frankie. «Nessuno ce l'ha detto».

«Glielo sto dicendo ora: Thajleen...»

«Al tavolo della presidenza? Ma è la ballerina...»

Alex le allungò le carte attraverso il tavolo. «Grazie» disse a labbra strette. Perché fosse chiaro che sarebbe stato inutile discutere: Thajleen sarebbe stata seduta accanto a lui, al tavolo della presidenza.

Gli ospiti del presidente furono onorati di essere presentati a Thajleen e di sedere allo stesso tavolo. Si accontentarono dei suoi sorrisi, delle sue risposte brevi, quasi sussurrate, dei suoi gesti morbidi, avvolgenti.

Durante la cena Alex sorprese Francesca, che sedeva in disparte al tavolo degli addetti alle Pubbliche Relazioni, con lo guardo fisso verso di loro. Conosceva quell'espressione: voleva criticare il gesto in sé, ma dimostrargli indifferenza, come se la cosa non la riguardasse. Conosceva quello sguardo, era lo stesso di quando era ragazza e fingeva di non accorgersi che lui ne era innamorato.

I loro occhi per un attimo si incontrarono. E fu come un graffio sulla pelle.

In agenzia, durante quei mesi, l'aveva sempre evitata. Annalise gli aveva detto che la gravidanza procedeva bene e che sarebbe stata femmina.

«Grazie, sono contento per loro, ma non mi riguarda». L'unica volta che ne aveva parlato.

Verso la fine della cena Thajleen pregò gli uomini seduti a quel tavolo di non alzarsi, era arrivato il momento del suo spettacolo.

Scivolò dalla sedia in piedi accanto a Alex, che l'avrebbe accompagnata all'altro lato del salone, dove era il palco sul quale si sarebbe esibita in una danza.

Mentre camminavano affiancati, senza sfiorarsi, Thajleen mormorò a labbra strette: «Non soffrire, prego… non soffrire».

Alex restò un attimo in sospeso, indeciso se ridere o rimanere serio. Come si permetteva, questa piccola thailandese, di immaginare che lui avrebbe potuto soffrire della sua partenza? Da che mondo veniva?

Non le rispose.

Entrati nella saletta dove Thajleen si sarebbe cambiata d'abito, la donna si girò verso di lui con una carezza. «Lei è in sala, vero? Lei è in sala?»

Alex le prese le mani. 'Da che mondo vengo io?' si domandò, mentre gliele baciava.

«Non importa» disse. «Non fa più male… grazie. Tu sei stata una meravigliosa sorpresa».

Tornò al suo posto. Si abbassarono le luci. I primi accordi sottovoce di uno strumento a corde, come un sussurro di note, e i gesti di quella danza erotica occuparono il breve spazio del palco tra i veli che si agitavano attorno al corpo fragile e perfetto di Thajleen. Nuda e innocente.

Al termine, tra gli applausi, Thajleen si inchinò un paio di volte, a mani giunte, senza un sorriso. Un lift le posò accanto un cesto di rose bianche con una sola rosa rossa. Lei si inchinò, raccolse la rosa rossa e nascosta nel velo che la copriva, sparì dietro il tendone che faceva da sfondo.

Non l'avrebbe più rivista.

Non ti piacerebbe, è femmina

Alzando gli occhi la vide che saliva le scale con fatica, aggrappandosi al corrimano. Era di circa mezza rampa davanti a lui.

E capì che l'aveva fatto apposta.

Lei lo sapeva, perché l'ufficio Pubbliche Relazioni dell'agenzia aveva diramato agli addetti l'invito a quell'incontro nello studio grafico. E sapeva che dal suo studio, come aveva sempre fatto, Alex avrebbe preso quella scala secondaria, senza ascensore, che collegava il secondo e il terzo piano.

Sugli ultimi gradini, prima di aver raggiunto il pianerottolo, Francesca si fermò, abbassando le spalle, come se fosse affaticata.

«Bisogno d'aiuto?»

«Che ci fai qui?»

«Lo sai. Riunione allo studio grafico». Non le consentì di rispondere. «Come stai?» chiese in fretta, fermandosi all'inizio dell'ultima rampa di scale per lasciarle uno spazio sufficiente per fermarsi e per rispondergli.

Francesca si girò appena, per mostrargli il suo ventre

sporgente sotto la blusa a fiori. «Cresce» mormorò. Sembrava commossa. «Manca poco».

«Posso fare qualcosa?»

«Hai già fatto molto». Non era mai stata capace di ironia e la frase riuscì acida.

«Per esempio?»

«C'era bisogno di andare al Crystal con quella, perché lo sapessero tutti?»

Gelosa? Sorrise e si pizzicò il naso tra due dita. Immaginò che l'albergo avesse inviato all'ufficio Pubbliche Relazioni dell'agenzia il conto di quella notte.

«Era nostra ospite». Si vergognò della risposta.

Francesca salì un altro gradino.

«Tra qualche giorno io torno in Italia, vuoi venire?»

«No» ripose decisa, ma si era fermata.

«C'è tuo padre, c'è Roberta, sei a casa tua. E il cielo è sereno in questa stagione» aggiunse, per farla sorridere.

«Voglio che nasca qui».

«D'accordo. Comunque io parto mercoledì, se cambi idea...»

Questa volta si girò completamente verso di lui, e Alex constatò che anche il suo viso si era arrotondato e gli occhi sembravano arrossati.

«Dovresti saperlo, io non cambio mai idea».

«Già...» L'aveva raggiunta e le prese una mano. «Posso aiutarti?»

«No… no, grazie. Ce la faccio… vai, sei in ritardo. Vai…»

Non voleva andarsene. «So che vivi con Annalise».

«Sì, è stata gentile». Lo guardò chinando appena la testa da un lato e a lui ricordò in quel gesto la ragazzina che mangiava i suoi biscotti al bar Roseto, dietro l'università.

«E tu?»

«Sono solo».

Francesca girò la testa dall'altra parte. «Già, con cinesi di passaggio».

«Era thailandese…»

«Capirai…»

«Stavamo parlando di te. E te lo sto chiedendo seriamente, Francesca: vuoi tornare con me…»

«Ma per favore!» e con una mossa brusca gli voltò le spalle. «Che cos'è, ti perdono e ricominciamo? È questo? Io…»

«Francesca… Francesca!» Alzò la voce per impedirle di proseguire.

Lei si interruppe e chiuse gli occhi. Stava ansimando, per l'emozione o per la fatica di quelle scale ripide che stava salendo come una punizione.

Alex si inumidì le labbra per prendere tempo. La sua voce tornò normale. «Neppure io voglio ricominciare, non saprei da dove… ti stavo dicendo che vorrei che tu tornassi con me in Italia. Vorrei che tu tornassi con me in Italia, solo questo. Io parto mercoledì». Aveva alzato nuovamente la voce e se ne pentì. «Vorrei che...»

«Ti ho detto di no. Lasciami in pace». Gli girò le spalle e salì altri due gradini, fermandosi per respirare a bocca aperta.

Quell'incontro non era stato casuale, ora ne era sicuro: Francesca voleva la certezza di non poter tornare indietro a quel passato un po' stropicciato di ricordi.

«Io ti ho molto amata...»

«Lo so. Io... Tu per me...»

«Sono stato il tuo biglietto per l'America». Cercò di sorridere a labbra tese. «Me ne sono fatto una ragione, non ci penso più. Mi preoccupi ora. Non voglio lasciarti qui da sola».

«Non sono sola».

«Come vuoi. Io parto mercoledì...» La raggiunse prima che Francesca arrivasse all'ultimo gradino. Le passò una mano sulla schiena, una carezza.

Incanti passati
come potete tornare,
uguali per altri
diversi da noi?

Perché quei versi? Di chi? Neruda, pensò, senza esserne sicuro. E si maledì per quei ricordi. Non saranno mai uguali. Non si può amare due volte allo stesso modo.

Il futuro era davanti a loro e aveva un altro nome.

Ora volle farla sorridere. «E quello?» domandò, accennando al suo ventre. Non la vedeva bene in viso, ma la sua mano che si era aggrappata all'inferriata della scala ora stava tremando.

Resistette all'impulso di stringerla tra le braccia, perché capisse. Era a un passo da lei, che era rimasta immobile, così vicina da sentirne il solito profumo di mughetto.

«E quello?» domandò di nuovo. «E quello?»

«Non ti piacerebbe, è femmina».

La vide sparire oltre la porta a vetri che si richiuse sbattendo.

Non ti piacerebbe, è femmina…

Alessandro Metz arrivò in Italia da solo

Questo era il quarto Natale da quando era andato a vivere in America, e Alessandro Metz arrivò in Italia da solo. Non telefonò né a papà Giuseppe né a Roberta, e passò due giorni nello studio dell'avvocato Sivieri. Per rendersi conto che sua madre era stata molto prudente nell'amministrarsi.

«Non sapevo che mia madre fosse ricca».

«Non tua madre. Tuo padre e i nonni paterni».

«Chi erano? Non li ho mai conosciuti...»

«Lascia stare, Alessandro. Sono morti tutti, che riposino in pace».

«Amen». E gli sorrise. «Può continuare a interessarsene lei almeno sino a quando riuscirò a stare in piedi da solo?»

«Naturalmente. Contaci, Alessandro». Aprì e richiuse un grande astuccio di pelle blu. «I gioielli credo che vorrai regalarli a tua moglie».

«Non ho più moglie».

«Non capisco, che cosa significa?»

«Vive con un altro uomo e aspetta un figlio. Che non è mio. L'avvocato Liliana Busi se ne sta interessando...»

«E suo padre lo sa?»
«Non credo. Non da me, comunque».
«Sei sicuro?»
«Sì, sono sicuro».
«E vivrai in quella casa da solo?»
«Cercherò di non perdermi».

L'appartamento, che visitò con l'architetto Gilini, era esattamente come l'aveva immaginato. Ritrovò la grande biblioteca di sua madre, i loro libri, gli scaffali nuovi che avrebbe riempito. Al centro della stanza l'imponente tavolo da lavoro con il proiettore, lo schermo, quattro sedie accostate al muro, la sua poltrona di pelle nera. Questo era lo studio che aveva voluto. Si occupò meno del salotto, del camino e della sala da pranzo con il bellissimo tavolo ovale di Caccia Dominioni e le sedie di Mc Guire. Diede appena un'occhiata alla cucina, che gli sembrò molto americana.

«C'è una camera di servizio? Perché avrò bisogno di una governante...» E rise, per fargli capire che stava scherzando.

«E tua moglie?»

«Non ho più moglie».

Nei due giorni seguenti visitò con l'architetto le possibili sedi dell'agenzia. Erano sedi prestigiose, nelle zone centrali che stavano aprendosi al lusso.

«Che cosa c'è che non va? Ti rendi conto che qui ci

sono le sedi dei gioiellieri, dei marchi più importanti del *made in Italy*, di questi nuovi stilisti che saranno conosciuti anche all'estero? Il meglio della città è in questo quadrato, ti rendi conto?»

Disse di sì, ma scelse un palazzo in piazza Santo Stefano, defilato dal centro ma in una bella posizione rispetto alla piazza. «I clienti non vogliono il lusso, ma l'eccellenza. Qui siamo in centro, ma un po' fuori dal caos. C'è spazio per le macchine, non ho inquilini intorno, sopra e sotto. Voglio questo palazzo».

«Tutto?»

«Sì, tre piani. Fammi un progetto, tenendo conto di tutto il materiale che ti ho inviato. Voglio *quella* agenzia. Alessandro Metz». Sorrise, pizzicandosi il naso. «Quasi un uomo».

«Va bene, come vuoi».

«Quanto tempo ci vorrà?»

«Per ottenere quello che vuoi e come lo vuoi, qui siamo a buon punto. Non devo buttar giù niente. Al pianterreno ti faccio un salone per le convention, gli studi tecnici… Ho un amico che è art director alla Dossena, mi farò aiutare da lui... Anzi, poi te lo presento, si chiama Aldo Vecchi, dicono che sia un fenomeno».

Alex sorrise. «Ci sono già io per quel ruolo…»

«Sei art director?»

«No, sono il fenomeno…»

Stavano ridendo, quando Gilini parve ricordarsi

all'improvviso. «Ma che cosa hai detto? Non hai più moglie?»

«Già, tornerò scapolo».

«Ma che cosa è successo?»

«Tira via... cose che passano».

La visita a papà Giuseppe fu più rapida.

«Immagino che lei sappia...»

«Ma tu... tu dovevi dirlo...»

«Lo so, non ci ho pensato. Mi sembrava che fossimo felici così. Mi sbagliavo. Non abbiamo mai parlato di figli...»

«Ma una donna, lo sai anche tu. Una donna si realizza soltanto quando fa un figlio. Non glielo puoi togliere... hai sbagliato».

«Lo so. Mi dispiace. Francesca ora è felice, ha un nuovo fidanzato e aspetta un figlio. Lavora, sta bene... se vorranno potranno sposarsi e fare le cose in regola». E perché non gli rinfacciasse la storia del matrimonio, aggiunse: «In fondo anche Roberta è felice e non è sposata».

Si fissarono e il vecchio abbassò lo sguardo.

«È nata, non l'hai saputo?»

«No, quando?»

«Ieri pomeriggio, è femmina e pesa tre chili e sette etti...» Era emozionato. «Roberta andrà a trovarla».

«Sta bene?» Non attese risposta, gli sembrò naturale. «Allora lei è contento».

«Mi dispiace, invece» mormorò a labbra strette. L'accompagnò alla porta, e mentre gli stringeva la mano girò la testa da una parte per non guardarlo in faccia.

All'uscita VIP *dell'aeroporto, invece dell'autista trovò Lukas*

All'uscita VIP dell'aeroporto, invece dell'autista trovò Lukas.

«È bruciata l'agenzia che sei venuto tu?»

«La macchina è lì... viaggio bene?»

«Sì, l'aereo non è precipitato... Mi vuoi dire che cosa ci fai qui?»

«Sono venuto a prenderti. Sali, avanti... Tutto bene, in Italia?»

«Sì, tutto bene. La casa è finita ed è come la volevo, grande abbastanza per viverci da solo in molto spazio. Ho trovato anche il palazzo dove sistemare l'agenzia... mi dispiace che tu non voglia unirti a noi».

«Te l'ho detto, non mi piace l'Europa. Andrò in California, mi vuole Dobbart, il nuovo cliente».

«E quando?»

«Il prossimo anno. La Thompson si sfascia se te ne vai anche tu».

Alex sorrise, scuotendo la testa. «La Thompson è come un vecchio cammello, sembra sempre sul punto di morire di fame e di sete, ma va avanti con il suo passo elegante e la testa alta».

«Ti piace proprio, eh?»

«Sì, da Thompson ho imparato molto». Spense la radio. «E ora mi dici perché sei venuto tu a prendermi?»

«Hai saputo che è nata la bambina, vero?»

«Sì, da mio suocero». L'unica bambina che poteva riguardare lui, era la bimba di Francesca.

«Quando l'hai visto?»

«Mercoledì, credo. Perché?»

Lukas rallentò e si accostò al guard rail. «È morta...»

«La bambina?»

«Francesca». Ora aveva fermato la macchina e si era girato verso Alex. «È salita al quinto piano della clinica Mike Davis e si è lasciata cadere...»

«No! No e no... non lei».

«Sì, lei. Invece. La polizia ha fatto tutti i rilievi... era sola. È salita al quinto piano, ha aperto la portafinestra... ci sono le sue impronte. È salita sulla balaustra di mattoni e si è lasciata cadere nel vuoto. La polizia ha vagliato ogni ipotesi possibile. Era sola...»

«E lui dov'era?»

«No, Alex... quel maledetto tedesco io non lo posso soffrire, ma non sino a questo punto. Non è stato lui. La polizia non ha dubbi, in proposito. Lui non c'era».

«Perché lei era ancora in clinica? E lui dov'era?»

«A casa, con Roberta. Venuta per essere vicina alla sorella e per conoscere la nipotina... Pare che ora gliela lasceranno portare in Italia. Lui non la vuole, dice che non può, che è sposato… insomma, non mi piace: ma non è un assassino».

«Soltanto perché non l'ha spinta lui?» Si pizzicò il naso un paio di volte e strinse le labbra. «Comunque portami là, o prendo un taxi».

«Ci sarà ancora la polizia».

Si fece riconoscere, sapevano chi era e lo lasciarono passare.

«Non tocchi niente!» gli gridò un giovanotto in divisa. Non avrebbe toccato niente.

Salì a piedi sino al quinto piano, e si fermò davanti alla portafinestra del terrazzino: era socchiusa e transennata.

L'aria fresca gli tolse il respiro.

Il terrazzino era incassato e chiuso ai lati. Le vasche di coccio con piantine verdi e fiori rosa portavano le tracce dei suoi piedi nudi. Sul muretto, la polizia aveva segnato un'altra traccia gialla nel punto dove lei aveva appoggiato la mano per aiutarsi a salire… In piedi sul davanzale di pietra.

Di fronte, i grattacieli che coprono il cielo e quell'enorme pino a punta, in mezzo al prato, che il vento stuzzica e inclina, da una parte all'altra, come per divertimento. Ora può guardare quello spazio vuoto che ha di fronte, tra la pianta, il cielo e la calce biancazzurra della clinica.

Quasi un pozzo, dove tu sei scivolata adagio…

La vede, in piedi, scendere lentamente in quello spazio di luce. Le gambe si muovono, quasi danzando, la camiciola scopre il suo corpo nudo, i capelli volano imbrigliandosi nell'aria, le braccia allargate ad abbracciare lo spazio intorno…

Sei bellissima…
tu che ridi: perché non hai paura…

Si affaccia oltre la balaustra. Nel piccolo cortile le transenne e le tracce arancioni della polizia gli indicano il punto dove è atterrata.

Perché applaudono?
Perché sono scemi…

Stringe i pugni.

Perché non hai avuto paura?
Amore, perché non hai avuto paura?
Perché, dannazione, per una volta stramaledetta non hai avuto paura?

Quando tornò alla macchina era pallido, con occhiaie scure e profonde.

«Ti porto a casa? Vuoi che resti con te?»

«No, grazie».

«Thompson ha detto di chiamarlo domani che vi vedete a casa sua. Non venire in agenzia, ci sono fotografi e giornalisti anche nel buco del cesso».

«E la sorella?»

«Vuoi vederla?»

Alex scosse la testa.

«Parte domani, ha tutti i visti necessari. Le dirò che non sei tornato».

«Come vuoi». Guardò la strada, attraverso quella nebbiolina fitta e umida che stava ricoprendo la città. «Non abbiamo niente da dirci».

«La terrà lei. Nei documenti il padre non compare». Fece una pausa. «Com'era Francesca?»

Alex alzò lo sguardo verso il grattacielo che avevano di fronte. Era arrivato.

Com'era Francesca?

«Una ragazza che aveva paura».

«Accidenti, per fare quel salto le ci è voluto fegato».

«Chissà...» Aprì la portiera e dal sedile posteriore prese la valigia. «Grazie, ciao».

«Domattina vengo da te così ti ragguaglio sugli ultimi lavori. Ti telefono io».

Il mattino seguente, alle nove, Lukas arrivò con i doughnut e un thermos di caffè espresso. Voleva essere allegro, ma Alex lo obbligò a concentrarsi sui problemi di lavoro che stavano esaminando, lucido e scrupoloso come sempre. Aveva il viso segnato di un uomo che non aveva dormito.

Dopo la colazione al DixDix, durante la quale Alex gli raccontò della sua agenzia italiana e dei clienti sui quali poteva contare dall'inizio, Lukas lo lasciò davanti alla casa di Thompson: erano le tre precise.

«Stasera vengo a riprenderti».

Alex gli sorrise. «Considera concluso il baliatico, grazie. Non mi ammazzo, Lukas. Non mi ammazzo: ho troppo da fare».

Il giorno seguente riuscì a ottenere un incontro con l'anatomopatologo che aveva svolto l'autopsia sul corpo di Francesca.

«Lei sa che è precipitata dal quinto piano della clinica...»

«Sì. Ma come è morta?»

Il dottor Hampson lo fissò per un attimo, poi fece di sì con la testa. «Vuole sapere se era drogata?»

Alessandro Metz gli rispose con una smorfia. «Per esempio».

«Non era drogata, non aveva assunto né stupefacenti né tranquillanti...»

«Morta nell'impatto?»

«No, posso escluderlo».

«Allora?»

Il dottor Hampson sembrò imbarazzato. «Insomma, non voglio farle una lezione di psicobiotica...

si tratta di un fattore che produce un rallentamento del ritmo cardiaco… un balzo parasimpatico…»

Alex sorrise, alzandosi. «Mi sta dicendo che è morta di paura?»

Non fu sorpreso dalla domanda. «Potrebbe, sì» rispose.

«Grazie, dottore. Non importa che lo scriva nel suo rapporto, non lo capirebbero. Ma io, sì. Francesca è morta di paura, ora lo so di sicuro».

Il dottor Hampson lo guardò uscire dalla porta e scosse la testa infilandosi i guanti di lattice. «Alzami la luce» disse al suo aiutante. E smosse il lenzuolo che copriva il corpo di un bambino, morto per il morso di un cane alla gola.

Forse anche quel bambino era morto di paura.

«Speriamo», mormorò. «Speriamo…»

In strada Alex si allentò la cravatta e accese una sigaretta. Una vetrina gli restituì l'immagine di un uomo spettinato, con la barba e una sigaretta tra le labbra. Quell'uomo stava piangendo.

L'ultimo, come si aspettava, fu Schultz

Tornato in agenzia dovette superare gli abbracci lacrimosi di Frankie e Louise. «Noi le volevamo bene, condoglianze…»

E a turno di tutti quelli che lo incontravano. L'ultimo, come si aspettava, fu Schultz.

Lo vide avanzare nel suo studio. In quel tratto dalla porta alla scrivania, come la prima volta. Elegante, la costosa pipa spenta tra le labbra, gli occhiali azzurrati, i capelli più grigi lunghi sul collo, l'abito e la cravatta impeccabili.

«Mi dispiace» disse. Mentre gli faceva segno che si sarebbe seduto di fronte a lui.

«Prego, si sieda. Che cosa ha detto Stokkard dell'avviso sui quotidiani?»

«Vuol parlare di questo?»

«Sì… mi interessa».

«Invece dovrà ascoltarmi, Metz. Possiamo parlare da uomini, in fondo riguarda tutte e due».

«Davvero?»

«Francesca non le perdonava di dedicarsi soltanto al lavoro…»

«Ha fatto le sue scelte».

«Io l'ascoltavo...»

«È parlando parlando che avete messo al mondo un figlio?»

«Lasci stare, sono incidenti...»

«Davvero? L'hanno informata che esistono i preservativi?»

Schultz fece l'atto d'alzarsi, poi si lasciò ricadere sulla sedia. Era arrossito. «Lei seguiva il metodo Ogino-Knaus, non lo sapeva?»

«Ci sono più figli di quei due che dei rispettivi padri. Comunque, mi scusi, io voglio soltanto sapere che cosa dice Stokkard dell'avviso...»

«Invece mi deve stare a sentire...» La bestemmia che seguì la disse in tedesco e Alex finse di non capire. «Roberta, la sorella, l'ha chiamata Francesca. Il nome della bimba, scelto da sua madre, era Maria. Le ho dato tutto quello che apparteneva a Francesca, che aveva lasciato a casa mia e in studio. Anche la collana di perle che le aveva regalato a Natale. Io non ho più niente... tranne questa». E depose sulla scrivania qualcosa che gli stava nel pugno. Quando alzò la mano, Alex vide una piccola rivoltella di metallo dorato.

«Un revolver?»

«Gliel'ha regalato lei, non se ne ricorda?»

Restò a fissare quell'oggetto di metallo, passandosi la punta della lingua più volte sulle labbra.

«Che cosa ci vai a fare in una palestra di tiro a segno?»

«Mi piace, ci vado con Annalise... Ci viene anche Schultz, ci insegna lui».

«E a chi devi sparare?»

Avevano riso. Erano ancora capaci di ridere insieme. «Avanti, fammi contenta. Ci sono i campionati, Schultz dice che ho buona mira...»

Le aveva acquistato quella piccola pistola, adatta alla sua mano. Per i campionati avrebbe dovuto allenarsi con una pistola diversa, ma intanto poteva esercitarsi con quella. Ricordava il negozio, in America bastava pagare.

«Se la ricorda?»

«Allora? Io non ho mai posseduto una pistola e non comincerò ora. La butti, la renda al negozio, ne faccia quello che vuole... chiuso l'argomento. E ora mi dica...»

Aveva alzato la voce, gli capitava raramente, soltanto quando era emozionato, ma immaginava che Schultz non lo sapesse. Tra sé si arrabbiò di sentirsi così fragile.

Schultz prese la pistola e se la rimise in tasca. «Allora, come vuole... accenda lo schermo... Le anticipo intanto che Herr Stokkard ha trovato l'avviso entusiasmante e vuole imporlo a tutte le agenzie europee. Il nostro avviso andrà in tutta Europa e la Thompson guadagnerà su tutta la campagna. Ecco, questo è il definitivo...» aggiunse, mentre sullo schermo era apparso in tre versioni l'annuncio Stokkard per l'Europa.

Alex si pizzicò il naso un paio di volte. Rimase in silenzio così a lungo che Schultz temette un giudizio negativo.

Si stupì di sentirgli dire: «Bene, avete fatto un buon lavoro».

«Davvero le piace?»

«Sì, molto ben equilibrato tra offerta e *appeal*... buon lavoro».

«Abbiamo seguito quello che lei ci aveva detto...»

«Lasci stare, il lavoro si giudica alla fine. Questo è un buon lavoro. Lo dica anche a Lukas».

A Lukas Schultz riferì il giudizio di Alex, stringendogli la mano. «Incredibile... forse questa tragedia l'ha reso più umano».

Lukas lo guardò con una smorfia. «Non ci contare, bello... non ci contare proprio. Alessandro Metz non molla».

Chiuso nel proprio studio, Alessandro Metz si strinse le braccia sul petto e incassò la testa tra le spalle. Quel ricordo, che era riuscito a emozionarlo, lo fece sentire fragile, esposto a un dolore di cui non voleva tener conto. Un dolore che non gli apparteneva. Escluso, messo da parte.

Quasi un uomo.

«Pronta a virare?»
«Pronta, Capo…»
«Vira!»

E ora è qui, per sempre

Qualche settimana dopo il ritorno di Alex in America, Annalise entrò nel suo studio semplicemente spingendo la porta che era sempre socchiusa, come se fosse naturale che Alex aspettasse qualcuno.

Si appoggiò con il corpo alla scrivania, restando in piedi. «Dobbiamo parlare, noi due» disse.

«Non l'ho visto nell'ordine del giorno» le rispose, senza alzare la testa.

«Non fare lo spiritoso con me, Alex. Non con me».

«Allora siediti».

«Posso dirtelo anche stando in piedi. Francesca ti amava».

«Lo so, mi ha sposato».

«Non fare lo scemo con me, Alex. Qui sei il mio superiore, ma se usciamo in strada ti dico tutto quello che penso di te. Vieni fuori».

«Non occorre, ti autorizzo a dire quello che vuoi anche qui». Incrociò le braccia sul petto e alzò il viso verso di lei. «Allora?»

«Francesca ti amava, ma non riusciva a capirti».

«Devo sentirmi colpevole?»

«La vuoi smettere di parlare sempre come un libro stampato, accidenti a te? Avrebbe sposato Schultz, se quel porco glielo avesse chiesto, per la bambina… ma lei amava te. Era disperata di non riuscire a condividere i tuoi progetti, che lei chiamava i tuoi sogni. I tuoi sogni, che non erano i suoi… Se tu l'avessi ascoltata, invece di chiuderti come un riccio. Certo, tu eri quello che aveva ragione, l'offeso, il tradito… hai mai pensato a quella bambina che stava per nascere? Ci hai mai pensato?»

«No, non ci ho mai pensato. Anche se non è facile da dire. Lei mi sembrava felice…»

«Bugiardo! Quando mai l'hai vista felice? Era a casa mia, c'è rimasta sino a quando è andata in clinica, di notte, da sola… con me. Perché i suoi uomini, quelli che l'avevano inguaiata per eccesso d'amore, erano assenti, tu in Italia e quell'altro in California… maledizione, c'ero io sola!»

«Me l'hanno detto, sì. Mi dispiace».

«Ti dispiace… perché non hai mai voluto parlarle? Perché… accidenti alla superbia!»

Alex si alzò e fece il giro della scrivania, per mettersi dalla stessa parte di Annalise. «Non è stata superbia». Guardò verso la finestra come se volesse decidere dove stare. Un passo, due… poi si fermò in mezzo alla stanza e alzò gli occhi verso le *maquettes* appese al muro. «Tutto questo era anche per lei» disse sottovoce.

«Perché non glielo hai mai detto?»

«Lo sapeva, non le bastava. Credimi, Annalise: io l'ho molto amata. Ma non ero il marito che lei voleva. Non ero io... e Schultz era il sogno che si stava realizzando. Tutt'e due, magari, e persino onestamente, l'abbiamo fatta uscire dal suo guscio. E si è persa. Possiamo addossarci tutte le colpe che credi giuste, ma lei ha scelto. Per sé e per noi. Ci ha puniti per non aver realizzato i suoi sogni... lei è rimasta la piccola ragazza che non voleva studiare, che voleva andare in America». Fece una pausa guardando il cielo, quel vuoto, oltre la finestra. «E ora è qui, per sempre».

«E la bambina? Starà con sua sorella?»

«Mi ha detto di sì. Sa che io ci sono e ci sarò sempre».

«E il famoso padre?»

«Non è nominato, non esiste. Schultz è un fetente, ma fatico a dargli torto, non era solo in quel letto. E non ce l'ha portata a forza. Non poteva immaginare che Francesca fosse una ragazza disorientata al punto di confondere l'amore con i sogni... Io l'ho delusa».

«Ti sei comportato come un uomo offeso».

«Sono un uomo offeso, Annalise. Stavo costruendo la nostra vita, il nostro futuro. E ho continuato a costruirlo senza di lei. Andrò in Italia, avrò la mia agenzia. Non importa che l'abbia fatto anche per lei. Non ho saputo dirglielo... Era il mio sogno che lei non ha condiviso. Ma questo che cosa c'entra con la bambina, con questo padre inesistente, con i miei dubbi? Vuoi farmi sentire colpevole? Ti fa stare meglio? Annalise, io l'ho amata». Abbassò il capo e continuò a parlare a voce sommessa, come se parlasse soltanto per sé. «Io continuerò ad amare quella ragazzina svogliata e bellissima che un giorno mi ha detto di sì». Sorrise, sollevando la testa. «Me ne andrò presto, Annalise».

«Thompson ti lascia andare? Schultz dice di no».

«Lascialo dire. Curerò per l'Europa i clienti di Thompson, oltre ai nostri che stiamo già contattando. Sarà una grande agenzia a capitale totalmente italiano: Thompson non sarà mio socio, ma mio cliente. Questo era il mio sogno, e si sta avverando».

«Quando?»

«Presto. Molto presto... purtroppo non abbastanza presto». E le sorrise. «Vuoi imbarcarti con noi?»

Annalise alzò una spalla, finse di ridere. «Vorresti sposarmi?»

«Non ti piacerebbe, sono meglio come direttore creativo».

«È quello che pensavo, restiamo amici. E io non lascerò la Thompson, non la lasceremo affondare. Anche Lukas se ne va, l'hai saputo?»

«Sì, me l'ha detto. Vedi... ognuno insegue i propri sogni. I miei sono stati i più ambiziosi e ho pagato il prezzo più alto. Io rimarrò solo». Fece una pausa e, quasi seguendo un pensiero: «Spero che questa bambina non sappia mai che cosa significhi non saper piangere».

«Tu?»

«Mi hanno cresciuto perché imparassi presto a essere un uomo… non ci sono riusciti bene». Ora stava ridendo e Annalise si passò due dita sugli occhi. «Non ci sono riusciti affatto… Che razza d'uomo sarei se non sapessi piangere?»

Tra East Broadway e Manhattan Bridge

Quando riusciva a non lavorare durante i giorni in cui l'agenzia era chiusa, Alex ritornava volentieri nei quartieri che aveva conosciuto da ragazzo. Le sue vacanze: che sua madre avrebbe preferito in Inghilterra ma che lui sceglieva sempre nella vecchia New York. In quelle zone dove era cresciuto ragazzo, poi giovanotto. Ora ci tornava da uomo.

Al confine con Chinatown, tra East Broadway e Manhattan Bridge. I negozi di alimentari si erano fatti 'moderni', qualsiasi cosa questo termine significasse. I caffè eleganti, con tavolini all'aperto sotto tendoni variopinti. I palazzi, alcuni nuovissimi, già con la tendenza ad alzarsi sopra quelli accanto. Botteghe dove potevi trovare di tutto, dal bottone particolare alla valigia, alla macchina fotografica. Il primo mangiadischi, rosso, l'aveva acquistato in uno di quei negozi. E i primi Ray-Ban, che sua madre sospettò essere falsi.

Anche la gente per strada era diversa, vestita meglio, più frettolosa. Più giovane. C'erano negozi che resistevano all'abitudine di restare aperti il sabato e la domenica. Mentre le pallide ragazzine orientali di allora avevano lasciato il marciapiede a giovani di colore, alte e robuste, con vita stretta, fianchi larghi e tacchi a spillo.

Incamminandosi lungo la Essex, e attraversata la Delancey, si accorse che anche in quella zona i quartieri erano cambiati, i vecchi edifici ora si potevano definire moderni, e i negozi avevano perduto quell'aria di famiglia e si erano rifatti il trucco con insegne luminose, cartelloni, luci e piante fuori dalla porta.

Seduta a uno di quei tavolini, sul marciapiede, si accorse di una ragazza giovane, con le gambe accavallate e una camicetta incrociata sul petto piuttosto prosperoso, che stava leggendo.

Attraversò la strada, doveva essere impazzito. Si fermò davanti al tavolo. «Posso?»

La ragazza diede un'occhiata intorno per rendersi conto che tutti gli altri tavoli erano vuoti. «Vuol sedersi qui?»

«Se permette...»

«Si accomodi». Lo disse come lo avrebbe detto a un passeggero in filobus.

«Che cosa posso offrirle da bere?» Si confuse, non è così che si inizia. Si pizzicò il naso un paio di volte e le sorrise, non si sarebbe stupito se gli avessero detto che era arrossito. «Beve qualcosa con me, posso?»

«Una birra? Ma la chieda fresca, qui finiscono subito il ghiaccio e lo tengono per i clienti importanti».

Le sorrise, ora si sentiva meglio. «Saremo importanti». Con un cenno chiamò il cameriere e senza guardarlo, ma mettendo sul banco cinquanta dollari, ordinò una birra, che se non fosse stata fresca l'avrebbero rimandata indietro, e uno scotch con molto ghiaccio.

La ragazza era rimasta a guardarlo con un misto di divertimento e di stupore. «Ma lei chi è?» domandò, chiudendosi con due dita la scollatura sul seno.

«Da queste parti ci venivo da ragazzo».

«Ma lei non è americano... aspetti. Inglese?»

«Italiano».

«Non l'avrei mai detto. Non erano come lei gli italiani che ho conosciuto. Molto piacere, mi chiamo Maly».

«Alex».

Al cameriere ordinò, sempre suggerito dalla ragazza, patatine fritte e qualche salatino, con prosciutto e pane fresco.

«Ma lei, chi è?»

«Chi sono, secondo lei?»

La ragazza aveva chiuso il libro tenendo il segno con un dito tra le pagine. Lo studiò, con il capo piegato da un lato, come si guarda un oggetto. Poi gli sorrise. «Banchiere?» Alex scosse la testa. «Ci sono: avvocato». Restò un attimo in sospeso. «Ma chi è?» domandò, rendendosi conto di avere ancora sbagliato.

«Un pubblicitario».

«Che diavolo sarebbe?» Intanto erano arrivati birra

e scotch, una vaschetta con cubetti di ghiaccio e tre piccoli vassoi di patatine e salatini.

«Paga subito?»

«No, non abbiamo finito». Gli rispose in slang, perché il cameriere capisse con chi aveva a che fare.

«Sissignore, agli ordini».

La ragazza guardò il cameriere arretrare senza voltare le spalle, e tornò a ridere. Aveva una bella risata, che le illuminava lo sguardo. «Ma lei chi è?» ripeté.

«Gliel'ho detto, sono uno che fa la pubblicità. Guardi...» Le mostrò un cartellone a colori al di là della strada dove una bella ragazza con un dentifricio piuttosto conosciuto tra le mani stava sorridendo. Alle spalle del cartellone, che il vento leggero agitava come un brivido, sul muro dell'edificio stava passando una scritta luminosa: una nota marca di scotch, lo stesso che Alex aveva ordinato.

«Ecco, io faccio quelle cose lì».

«Le fa lei? E come fa?»

Cercò di spiegarglielo, sapendo che non avrebbe capito. S'interruppe per sorriderle. «Ma non mi ha detto che cosa sta leggendo» disse.

«Fitzgerald...»

«*Tenera è la notte*» concluse lui, indovinando.

«Lo conosce?»

«Gli scrittori americani sono piuttosto conosciuti in Italia. Li traducono. Io ho la fortuna di poterli leggere nella lingua originale». Bevve un lungo sorso di scotch senza guardarla. E aggiunse: «Di Fitzgerald preferisco i racconti. *Il diamante grosso come l'Hotel Ritz...*»

La donna batté le mani sul tavolo e fece tintinnare i bicchieri. «L'ho letto! Ma se lo immagina...» Unì indici e pollici e alzò le mani verso di lui. «Ma se lo immagina? Un diamante così...»

Alex restò a guardarla: concluse tra sé che non l'aveva letto. Era una prostituta? Senza rispondersi la invitò a cena.

«Perché lo fa? Lei non ha nessuna voglia di mangiare con me. Come fa a essere solo uno come lei?»

«Le ho chiesto se vuole cenare con me, non di leggermi le carte. Sono solo, questo è vero. Non mi era mai capitato di incontrare una bella donna sola che legge Fitzgerald: la prossima volta sarò preparato».

Ora stavano ridendo insieme, e la donna si alzò. «Non qui, fratello. Andiamo da Peppino, qua dietro. È italiano come te e fa una pasta al forno che fa resuscit... Non sei vedovo, vero?»

Le disse di no. Di essere scapolo, che era quasi vero.

Non era mai venuto con Francesca da quelle parti, quei posti non le sarebbero piaciuti: troppe donne per la strada, troppi mendicanti, troppi ragazzi accovacciati a nascondersi con l'aria ebete. Alcuni sarebbero morti, ma lui era vivo.

Per quella sera e per quella notte, lui era vivo.

Il mattino seguente, alzandosi quasi all'alba, le lasciò sul comodino una busta che aveva preso la sera precedente alla reception: ‘Grazie’. Le banconote, senza nome e senza numero di telefono.

Lei glielo aveva chiesto: ci rivedremo?

E Alex le aveva mentito.

Non andare via

Da quando Francesca l'aveva lasciato – lui l'avrebbe detto in altro modo: da quando le aveva aperto la porta e Francesca era uscita – nessuna donna era mai entrata in quello spazio che ormai gli serviva per mangiare, qualche volta, e per dormire. Sempre da solo.

Aveva conosciuto una signora molto discreta che al telefono gli procurava la ragazza, l'albergo e qualche volta anche il ristorante. Lui era il signor Rossi, di passaggio a New York, e i pagamenti in contanti passavano attraverso Nigel, il suo autista.

A volte trascorrevano settimane, tra una telefonata e l'altra; a volte soltanto un paio di giorni, con la specifica richiesta di rivedere la stessa ragazza. Poiché per lavoro era spesso assente da New York, le cose funzionavano a meraviglia.

Invece quella sera, all'improvviso, gli tornò alla mente Monica, la giornalista di moda che era stata amica di Francesca.

Non gli sembrò sorpresa. «A casa?» domandò.

«Sì, se vuoi... Ho vissuto sempre da solo, sono un buon cuoco: posso invitarti a cena?»

«Devo portare rinforzi?»

«Non ne avremo bisogno. Va bene verso le otto e mezzo, domani?»

«Ma certo, grazie». Come se quell'invito fosse logico e addirittura atteso.

L'ordine e la pulizia dell'appartamento, affidati a un'impresa di servizio al femminile che si occupava di tutti gli appartamenti direzionali del palazzo, erano perfetti. Un po' di disordine tra i libri dava l'impressione di una casa vissuta.

Alex apparecchiò il tavolino di cristallo tra le due sedie in stile Tudor, ricordando le tavole di sua madre: piatto, sottopiatto, posate e bicchieri a destra e a sinistra, pane e i secchielli per acqua e per il vino. Non aveva fiori, e comunque non ne avrebbe usati: come centrotavola mise, e non perfettamente in centro ma di lato, un gallo di legno colorato che aveva acquistato al mercato di Barcellona. Era spiritoso e tra loro, perfetti sconosciuti, non rappresentava una stupida allusione ma soltanto un gioco di colori.

Quando aprì la porta la riconobbe per come la ricordava.

'Il viso ovale come un cucchiaino': la definizione che aveva divertito Francesca quando avevano conosciuto Monica. La fronte alta ma chiusa morbidamente ai lati, verso le tempie, da una frangia corta e disordinata. Il viso pallido, dagli zigomi larghi e evidenti, il mento appuntito, le labbra sottili, il naso stretto e diritto e gli occhi grandi sotto l'arco perfetto delle sopracciglia. Come al tempo del loro incontro, aveva i capelli lunghi, castani con larghe *mèches* più chiare. Era vestita di nero, un abito accollato, corto e senza maniche, un borsone appeso alla spalla dal quale pendeva una sciarpa a rose rosse, e in mano una bottiglia di champagne.

«Ciao...» Un'occhiata al soggiorno, come se volesse riconoscerlo. Poi, finalmente, un sorriso. «Grazie, me l'aspettavo questo invito, ce ne hai messo di tempo».

«Mi dispiace, sono stato molto occupato».

«Lo so... aprila subito» aggiunse con un altro tono, porgendogli la bottiglia. Lasciò cadere la borsa per terra e si accomodò sul divano, nell'angolo verso la finestra. «Stai bene?»

«Sì... vado spesso in Italia».

«Lo so, me l'ha detto...» Ma si fermò per sollevare il bicchiere alla bocca. «Non è male, il vecchio Charlie non mi ha imbrogliata. Gli ho detto che era per uno che se ne intende... Te ne intendi, vero?»

Alex si mise a sedere di fronte a lei. Perché stava ridendo? Perché tutte quelle parole per non dovergli dire che anche lei ora frequentava Schultz, magari soltanto per parlare di Francesca? Oppure...

«Sempre nella moda?»

«Sì, la rivista va molto bene. Ora anche l'Italia s'è svegliata, è straordinaria la moda italiana. Sono stata a Firenze... non immaginavo che esistessero città come Firenze e come Roma… sì, te le fanno vedere nei film, le fotografie nei libri… ma lì hai la sensazione di vivere in un mondo senza presente…»

«… e con un futuro molto problematico. Ma ce la faremo».

«Torni in Italia?»

'Sempre Schultz' pensò. «Non subito, ma presto».

Quando arrivò in tavola la teglia con il timballo di maccheroni, il vino era già nei bicchieri e Monica già seduta a tavola di fronte a lui: il posto di Francesca.

«Lo hai fatto tu? Ma non ci posso credere».

«Farai bene a crederci, invece: ti ho detto che in cucina me la cavo piuttosto bene. E qui fa tutto il forno, il mio intervento è minimo: donna Rosa…» che era la proprietaria napoletana di una salumeria di lusso in Stones Street, «aiuta le mie incertezze. Anche Francesca non sapeva cucinare».

Quel nome era passato tra di loro, scivolando. Finsero di non accorgersene.

Alex le raccontò dei suoi progetti italiani, della casa di sua madre che aveva ristrutturato, dell'agenzia che cominciava a prendere corpo. Di quanto tempo gli sarebbe occorso per lasciare definitivamente la Thompson e trasferirsi in Italia.

«Qualcuno dei tuoi collaboratori verrà con te?»

Ancora Schultz? Scosse la testa. «Nessuno è così fesso da lasciare un posto sicuro per assecondare l'avventura di un pazzo».

«Tu non mi sembri affatto un pazzo e la tua non mi sembra un'avventura. Comunque posso capire... forse gli inizi non sono sicuri».

«No, infatti».

Al caffè si erano nuovamente seduti uno di fronte all'altra, sul divano e la poltrona: in mezzo a loro un cofanetto di praline, il secchiello del ghiaccio, e il whiskey speciale di Alex.

«Preferisci un cognac?»

Monica lo guardò scuotendo appena la testa. «No... no, va bene così».

«Perché mi sembri a disagio? Ho fatto male a invitarti?»

Monica cambiò espressione e gli sembrò a un tratto meno giovane, meno allegra. Fissò a lungo il bicchiere che teneva con entrambe le mani.

«Vedi... stavo pensando. Io capisco perché Francesca ha sposato te...»

«Sono stato il suo biglietto per l'America». Bevve un sorso di whiskey e guardò la parete oltre la testa di Monica. Si ricordò di aver usato quella frase proprio con Francesca, qualche settimana prima della tragedia. *Non ti piacerà, è femmina...*

«Non lo so, forse» riprese in fretta, senza guardarlo. «Posso persino capire perché Francesca abbia avuto quest'innamoramento per quello Schultz...»

Ora sta toccando a te? Naturalmente non lo disse.

«Ma quello che non capisco è perché tu ti sia innamorato di Francesca». Aveva appoggiato la voce su quel 'tu', con una leggera pausa molto significativa.

Alex si pizzicò il naso un paio di volte tra l'indice e il pollice. Gli era difficile rispondere perché percepiva un giudizio, in quella domanda, che riguardava soltanto lui.

La domanda era chiara: chiedeva perché ti sei innamorato, non perché l'hai sposata.

Perché si era innamorato di Francesca? Aveva una risposta?

«Mi sembrava la ragazza più bella del mondo».

«Sai anche tu che non è vero. Era bella, giovane, persino allegra a volte. Distante da te come la notte dal giorno. Di che cosa parlavate, quando eravate insieme, se io non riuscivo a trovare niente da dire quando ci incontravamo? Mi parlava di Schultz... poi del bambino... tiepidamente, come se appartenessero a un'altra persona. Questa era Francesca, e tu l'hai sconvolta».

«Mi stai dicendo che è stata colpa mia?»

«Colpa è una parola che non mi piace. Tu l'hai illusa di essere diversa da come era davvero. Tu hai amato l'idea di Francesca, che ti eri fatto tu. L'hai illusa di essere un'altra persona. Non ti sei mai arreso all'idea che Francesca fosse la ragazza che si sarebbe innamorata di uno come Schultz».

Alex rimase a fissarla come se non fosse qualcosa o qualcuno di reale. Un disegno sulla parete, un segno nero con quell'ovale pallido tra i capelli ramati. Qualcosa, non qualcuno. Avrebbe potuto non risponderle.

Invece strinse i denti. «Sei l'amante di Schultz?»

«Che cosa ti fa pensare una cosa così stupida? Mi dicono che sul lavoro sia geniale».

«Senza esagerare è vero».

«Nella vita credo che sappia far parlare di sé, se n'era accorta anche Francesca. È morta sola».

«Ti prego».

«Sì, scusa. Avevo voglia di parlare con te, volevo conoscerti meglio. E tu mi hai confusa... come ha potuto un uomo come te...»

«Quasi un uomo» la interruppe aprendo le braccia verso di lei.

«Non giocare con le parole, Alex. Sei abilissimo ma non mi confondi. Tu hai chiesto a Francesca cose che lei non avrebbe mai potuto darti».

Parole. Per ore, anche ridendo.

Discussioni sulla pubblicità. Sulla moda. Sulla politica. Sull'arte.

Avevano anche riso, insieme, delle stesse cose.

Un urlo a chi riconosceva il violinista solista del disco che avevano scelto senza guardare...

«Oistrakh... zitto, senti...»

Muti, entrambi, con le mani tese nel vuoto. Glenn Gould, il Bach delle *Variazioni Goldberg*...

Confondendosi, emozionati.

Le loro mani tese che si toccano.

Alex allungò le gambe e appoggiò la testa sulla spalliera del divano. Aveva chiuso gli occhi.

«Non andare via» disse adagio. «Sei la prima donna che è entrata in questa casa, da allora… non andare via, ti prego».

«Mi stai chiedendo di venire a vivere qui?» Era arrossita. Alex fu sicuro di averla vista arrossire.

Si chinò verso di lei e le prese le mani. «No… La mia vita è disordinata. Non posso fare lo stesso sbaglio due volte, anche se tu sapresti difenderti meglio. No. Ma ora, ti prego, non andare via… poi deciderai».

Il mattino seguente, in accappatoio e con i capelli ancora umidi dalla doccia, stavano facendo colazione con il caffè appena fatto e una fetta di torta della sera precedente.

«Allora?»

«Ho un servizio a Santa Monica, torno a fine settimana. Magari una volta vieni tu da me».

«Ti ho messo in borsa i miei numeri privati, vorrei che ti ricordassi che io ti aspetterò sempre».

«Sì, certo. Sono sicura che saremo capaci di non complicarci la vita, e di stare bene insieme, quando capiterà».

Sulla porta, mentre stava salutandola, le fece una carezza sotto il mento. «Ciao…»

La guardò correre lungo il corridoio e arrivare davanti all'ascensore nel momento in cui quello stava arrivando al piano. Mentre ne usciva una donna, forse delle pulizie, Monica si girò a sorridergli, agitando la mano.

E il corridoio ritornò vuoto e silenzioso. Di colpo.

Tutti tutti dormono sulla collina

Quella che nessuno dei due avrebbe mai definito relazione durò oltre due anni e mezzo. Alcuni viaggi insieme, splendide vacanze in Italia, cinema, teatri, spettacoli. Un paio di volte Alex assistette a una sfilata di moda, mai Monica partecipò a una convention dell'agenzia. Cene e notti insieme, ma il giorno dopo ognuno tornava a casa propria.

In quelle ultime settimane, che per loro sarebbero state le ultime davvero, Alex gliel'aveva chiesto più volte di partire con lui. E Monica aveva sempre risposto di no.

«Io tornerò qualche volta a New York, per la Thompson».

«Sto per essere nominata vicedirettore della mia casa editrice, mi manderanno molto all'estero...»

«Mi stai dicendo che non devo più cercarti?»

«Preferirei che ci salutassimo qui. Io ho avuto tutto quello che ho desiderato». Stava girandogli le spalle, ma si fermò. «Prima, però, devi venire con me...»

«Dove?»

«Mettiti la giacca e vieni».

In macchina, mentre stavano allontanandosi dal centro di New York, verso le colline, glielo chiese un'altra volta. «Mi dici dove stiamo andando?»

«Aspetta...»

La macchina posteggiata tra un albero e un muro. Molto verde, intorno, mucchi di foglie secche che il vento scompigliava. Entro le mura alte e grezze tante fiammelle accese, che la brezza muoveva appena, come un respiro. E tante croci, angeli di marmo, madri dolorose, soldati, persino un cane in bronzo.

«Un cimitero...» Restò immobile, confuso. «Perché siamo qui?»

«Devi sapere dov'è».

«No, ti prego. Non ho mai creduto a queste cose. Andiamo...»

«Perché hai paura? Sei un uomo buono, intelligente, colto...» Aprì le mani verso quel mondo di terra smossa, di fiori, sterpi e lumini. «Perché hai paura?» Non attese risposta. «Lei è lì».

Alex guardò appena la tomba che Monica gli indicava, e gli sembrò piccola, come quella di una bambina. Una foto di Francesca contro la spalliera di pietra, fiori bianchi che erano stati freschi.

«Perché?» Girò le spalle, era turbato. «Perché?»

Monica gli prese la mano. «Smetterai di cercarla in ogni donna che incontri. Lei è qui, sulla collina. E non è sola».

«Tu...»

«Zitto. Chissà se tu conosci... *tutti tutti dormono sulla collina...*»

«L'*Antologia di Spoon River* di Edgar Lee Masters» disse in fretta. «Che cosa c'entriamo noi?» Aveva alzato la voce, non gli capitava mai.

«Andiamo... io ti aspetterò». E lo chiamò amore, per la prima volta.

E tu falla ridere, amico

Stava camminando lungo la Quinta Strada per l'ultima volta.

No, ripensò che non sarebbe stata l'ultima volta: a New York sarebbe dovuto tornare per la futura collaborazione con Thompson, come avevano pattuito.

Due uomini di media statura, la fronte alta, il viso segnato e lo sguardo sfuggente dietro gli occhiali, due uomini così simili e pur così diversi, si erano stretti la mano, attraverso la scrivania al solito lucida e vuota, guardandosi negli occhi.

«Metz, la Thompson conta su di lei».

«Anch'io, Thompson. Anch'io». Allontanandosi in quello spazio che spesso aveva attraversato tra la scrivania e la porta, con occhi commossi disse di sì. A pugni stretti ricacciò con forza dentro di sé la paura di non farcela.

Ora camminava come se avesse fretta, e non ne aveva. I bagagli erano già all'aeroporto dove lo aspettava Nigel, il suo autista. Aveva tempo. Era ancora turbato per quella piccola tomba sulla collina. E addolorato perché Monica l'aveva salutato, irremovibile: non sarebbe mai venuta in Italia, neppure a salutarlo in vacanza.

Aveva lasciato dietro di sé una casa doppiamente vuota. Con i cassetti e le ante degli armadi spalancati. In fondo a un cassetto aveva trovato un portafogli rosso di Francesca, vuoto, con una sola fotografia, un'istantanea del loro matrimonio.

Ora, mentre camminava come se avesse fretta, lo stringeva nella mano affondata nella tasca della giacca. E la rivide, com'era quel giorno. Nell'abito elegante di sua sorella, la gonna lunga, da signora, il velo in testa, legato come un foulard sopra i capelli e i ciuffi di rose bianche. Con rabbia, per staccarsi da quei ricordi, attraversò di fretta la strada, facendosi maledire dai tassisti.

Si trovò, all'improvviso, davanti alla cattedrale di Saint Patrick. Non era mai entrato in quella chiesa neogotica, costruita intorno alla metà del 1800 e poi benedetta da papa Pio IX. Gli ricordava in miniatura il Duomo di Milano. Saint Patrick's Cathedral in Little Italy si ergeva, in tutto il suo biancore, di fronte al Rockefeller Center come un monito: con le sue guglie alte cento metri, una minaccia contro i grattacieli del potere. Lo stupì anche l'interno, diviso in tre navate con l'ampia vetrata a rosone sopra uno dei tre organi. Sorrise di fronte alla *Pietà*, tre volte più grande di quella in San Pietro.

Stava pensando di non essere mai entrato in una chiesa, prima e dopo il suo matrimonio. Ma si ricordò di quando era tornato in Italia una settimana prima del loro matrimonio. Era morto Paolo. Overdose.

Francesca piangeva.

«Un coglione, accidenti! Un coglione!»

«Perché dici così? È morto. Ed eravate amici».

«Era giovane, intelligente, colto, spiritoso... era un coglione! Non si muore per overdose quando si è come lui, accidenti!»

Avevano già fatto il funerale, ma c'era una messa di cordoglio per tutti gli amici. C'erano i suoi compagni di università, tutti quelli che frequentavano la sua libreria, i suoi amici e le ragazze. In prima fila, davanti all'altare, il suo compagno e Francesca. A lui fu chiesto di dire due parole, che improvvisò ricordando la frase di una poesia scritta da Paolo per sé, dedicata a se stesso, come se quella morte se l'aspettasse o in qualche modo se la fosse cercata: *E tu falla ridere, amico...*

E lo rivedeva come l'aveva immaginato molte volte, elegante nei suoi stracci, le belle mani affondate nelle tasche per nascondere quel primo amore proibito che forse l'aveva segnato, il sorriso sempre a metà, lui che della vita non aveva lasciato indietro niente. Lo rivedeva come quel giorno in cui gli aveva detto che avrebbe sposato Francesca.

«Ma lei sposa te?»
«Che significa? Ci sposiamo».
«No, fratello. No. Tu sposi lei…»
«Al diavolo».

Se lo rivide come era stato, alto, bello, strafottente, che ride in faccia a quello scheletro di ossa bianche e mantello nero, con la falce alzata: *E tu falla ridere, amico…*

Mentre si avviava verso il portone della chiesa, pensò che ora, forse, in un mondo che lui non avrebbe mai conosciuto, Paolo e Francesca fossero insieme. Si voltò appena, uno sguardo verso l'altare ancora addobbato con i fiori di un matrimonio o di un battesimo. Erano tutti fiori bianchi come quelli, ormai avvizziti, sulla tomba.

E tu falla ridere, amico…

Monica morì sei mesi dopo per un tumore al seno, diagnosticato in ritardo. La sua tomba non era sulla collina, ma come gli disse Annalise il funerale si era svolto in Virginia, dove viveva ancora la sua famiglia. Monica sarebbe rimasta là.

Il commissario Eros Negretti entrò nello studio con passo deciso

La segretaria bionda si fece da parte per lasciarlo passare e il commissario Eros Negretti entrò nello studio con passo deciso.

«Dottore...»

Alex si alzò e fece cenno alla signorina di lasciarli soli. «Novità?»

Domanda superflua, lui sapeva bene che non c'erano novità, soprattutto che riguardassero lui. Aveva continuato ad andare e venire dalla Svizzera e dall'Inghilterra, per impegni di lavoro, senza che nessuno intervenisse a impedirglielo. Segno evidente che nessuno lo riteneva responsabile di quella morte nel bagno della sua agenzia.

I due uomini si strinsero la mano, poi Alex si rimise a sedere.

«Novità?» ripeté.

«Lei mi conferma, vero, di non aver mai posseduto un'arma?»

«Glielo confermo. Perché?»

«Perché a me risulta che lei una pistola la possedesse. L'ha acquistata a New York, dove le pistole le danno via come giocattoli. Per sua moglie, se ne ricorda ora?»

Mentre parlava aveva alzato il tono di voce, un crescendo di tensione che non riusciva a dominare. Quell'uomo, quel Metz, gli dava sui nervi. Troppo sicuro per essere davvero innocente. Qualcosa gli sfuggiva e questo lo faceva incazzare.

«Allora?» lo incalzò.

«Era di mia moglie, voleva allenarsi al tiro a segno. Non credo che si possa ammazzare qualcuno, con quell'arnese».

«Perché no?»

«L'aveva lui...»

«Come ha detto?»

«Era rimasta a lui, Schultz, quando mia moglie è morta. Me l'ha detto lui, io gliel'ho vista. Ho sempre pensato che non fosse una pistola vera».

Il commissario si agitò sulla sedia. «Per lei come sono le pistole vere?»

«Come quelle dei film, le uniche che conosco».

«Un caricatore, una pallottola e un detonatore... Che cosa ci vuole vedere, i cow-boy? Si trattava di una pistola di grande precisione... Sua moglie faceva gare di tiro a segno?»

«Non credo ne abbia mai fatta una, si è stancata presto».

«E la pistola dove la teneva?»

«Non in casa, non l'ho mai vista. Forse in studio...

anche se mi sembra difficile, avrebbe dovuto dichiararla alla guardia interna e l'avrei saputo. Forse gliela teneva Schultz, non hanno mai vissuto insieme, ma lei gli aveva dato alcune cose sue».

«Già, mi hanno raccontato la storia. E lei non lo odiava?»

«Perché? Era un uomo intelligente, molto affascinante... È stata mia moglie a sceglierlo, a preferirlo a me. Sicuramente avendo molte ragioni, anche se io sarò l'ultimo al mondo ad ammetterlo. No, commissario, non lo odiavo. Lo disprezzavo, perché era uno scarafaggio».

«Al punto di ucciderlo?»

«Gliel'ho detto, non ho mai preso in mano una pistola. Ma non è questa la risposta. No, commissario, non l'avrei mai ucciso».

«Quinto comandamento, dottore?» Stava sorridendo, sperando che l'altro capisse che lo stava sfottendo.

«No, no davvero». Ora stava sorridendo anche Alessandro Metz. «Volevo che vivesse e che in ogni minuto della sua vita sapesse di essere un coglione. Aveva sbagliato tutto. Anche a minacciarmi per l'Agenzia. Non ha mai capito di essere sempre dalla parte del torto. Dalla parte dei perdenti».

Si versò dell'acqua in un bicchiere e allungò la bottiglia e l'altro bicchiere verso il commissario. «Era malato, aveva un tumore al pancreas, qualcosa di irreversibile. In quelle condizioni non minacci, chiedi… ha sbagliato anche quella volta. Credo che la sua vita privata, di cui non so niente, non sia stata migliore di così… Una vita così bisogna meritarsela».

Si pizzicò il naso un paio di volte: e stava ridendo. Tuttavia si accorse, con una certa preoccupazione, che il commissario Negretti non si stava divertendo.

«Qualcosa non va?»

Negretti ci pensò un attimo, prima di rispondere. «Si rimetta a sedere, dottore». Metz si era alzato per prendere dal mobile bar una bottiglia di whiskey. «Si rimetta a sedere».

«Eccomi… volevo soltanto del whiskey».

Si rimise a sedere e appoggiò le mani aperte sulla scrivania, come aveva visto fare in molti film di polizia.

«Lei mi ha mentito, dottore. E io con le bugie sento odore di bruciato».

«Devo chiamare il mio avvocato?»

«Giudichi lei. Io le faccio la domanda, e lei prima di rispondere… ci pensi».

«La domanda».

«Dietro quella parete che ha alle spalle, lei non ha soltanto un bagno riservato, ma anche una camera da letto…»

«Tutto qui? Sì, ho una cameretta da scapolo, per quando mi fermo in agenzia sino a notte alta. Ho una camicia e un cambio di biancheria, per queste occasioni. A volte sale il barbiere all'angolo a farmi la barba: che cosa c'è che non va?»

«Ora stia attento alla risposta, dottore. Lei ha dormito qui anche la notte in cui quell'uomo è stato ammazzato...» Lo fissò con un mezzo sorriso di soddisfazione per averlo sorpreso. «Lei era qui».

«Quand'anche fosse, e poi lo vedremo con il mio avvocato, lei dimentica che alle sei e mezzo io ero con il mio autista in strada verso l'aeroporto. Mi avete detto che quel tale è stato ammazzato tra le sei e mezzo e le sette: io non ero più qui. E ora il resto vediamocelo con l'avvocato».

«Una cosa, dottore. Perché non ci ha detto che lei era qui, quella notte?»

«Per non confondervi le idee. Ora perderete molto tempo, e il mio avvocato sarà abilissimo a farvene perdere un sacco, a districare questa storia degli orari. Io ero qui. Non è venuto da me, non l'ho visto. Per quello che ne so, a quell'ora in tutta l'agenzia ero solo. L'autista mi ha aspettato con la macchina e alle sei e mezzo eravamo già per strada. E ora, l'avvocato».

«Un momento... e il suo autista?»

«L'avete già interrogato...»

«Ha mentito, ci ha detto che era da lei, a casa sua, alle sei e mezzo».

«Gliel'avevo chiesto io, per la stessa ragione».

«Avrebbe dovuto far decidere a me che cosa credere, ma dirci la verità. Per noi ora voi avete dichiarato il falso. Sa che cosa significa?»

«Suppongo di sì, ma non mi preoccupo. Lei dimentica, commissario, che io non avevo una sola ragione, per ucciderlo. Aveva perduto la sua battaglia con il cliente e non faceva più parte dell'agenzia. Aveva chiesto altri soldi, non gli spettavano e gli erano stati negati. Non aveva alcun rapporto con nessuno di noi. Perché avrei dovuto ucciderlo, sapendolo malato e in modo irreversibile? Per una storia vecchia di oltre vent'anni? Da quindici lavoravamo insieme qui in Italia. Mi aveva chiesto di venire con noi e l'avevo imbarcato. Per ucciderlo dopo vent'anni? Dove l'ha mai vista una storia così stupida e assurda? Non c'è logica».

«Non c'è mai logica, nei delitti. Altrimenti sarebbero perfetti».

«Già, forse ha ragione lei». Gli sorrise allungando una mano verso il telefono. «E ora vediamo come se la cava il mio esimio signor avvocato». Parlò in fretta, sottovoce, poi disse di sì molte volte e riappese. «Mi dispiace, sarà qui al più presto. Ma gli ci vorrà mezz'ora...»

«Ho tempo».

Si avvicinò con Metz al tavolo delle riunioni, contro la parete, e osservò con lui quattro proiezioni di uno stesso soggetto con poche varianti.

«La campagna Stokkard... Le piace?»

«Non ne capisco, ma mi sembra molto incisiva... si dice così?»

«Anche. Incisiva, giusto. Sceglieremo quella» aggiunse, segnandone una con la mano tesa. «È più femminile. La Stokkard ha un pubblico di consumatrici sui quarant'anni».

«Dovete sapere anche questo?»

«Naturalmente. Si chiama mercato. Il nostro mercato è questo, guai a sbagliare. Quando a lei una pubblicità sembra sbagliata, ci pensi: forse è lei sbagliato per quella pubblicità».

«Immagino che sia così...»

Si rimisero a sedere e il commissario Negretti accettò una Schweppes. Ne bevve un lungo sorso, si asciugò le labbra e restò un attimo a fissare Metz.

«Lei ha una figlia» disse. E non era una domanda.

«Figlia di mia moglie, io l'ho adottata».

«Sì... ho saputo. Vive con lei?»

«Da quando aveva cinque anni».

«Lavora in agenzia?»

«No». Fu un no deciso. «Si è laureata in architettura a Monaco di Baviera. Ora frequenta l'università di Venezia, un corso supplementare di urbanistica, credo».

«Sì, anche quel giorno era a Venezia».

«L'avete interrogata?» Sembrò indignato.

«No... la cameriera. Ce l'ha detto lei, che l'ha svegliata ed è partita... otto e mezzo, ha detto». Si frugò nelle tasche forse alla ricerca di un appunto che glielo confermasse.

«Sì, noi avevamo la convention, qui in agenzia, e lei è partita per Venezia».

«Lo sapeva?»

«Mi ha telefonato mentre stavamo accompagnando Huggs in albergo... le otto, sì... Ma lei che cosa c'entra?»

«Lo conosceva? Conosceva la vittima?»

Alessandro Metz fece l'atto di alzarsi e poi si rimise a sedere. «Non facciamola tanto lunga. Mi sta chiedendo se sapeva che quello era suo padre? È questa la domanda?» Non si lasciò interrompere. «No, non lo sa. Era nei patti: lui avrebbe lavorato con noi ma non avrebbe mai avvicinato Francesca e mai le avrebbe detto di essere suo padre. È stato onesto. Non vorrei che lei venisse a saperlo ora, magari dai giornali, le famose indiscrezioni».

«No, l'abbiamo tenuta fuori. Per una volta ci siamo riusciti. Non era qui e non aveva nessuna ragione di ucciderlo. Avrà letto, ci hanno fatto domande, ma abbiamo fatto muro. Comunque se l'aspetti, ci sarà sempre l'intelligentone che andrà a scavare e tirerà fuori tutta la storia. Si prepari, dottore: ma non viene da noi».

Metz sorrise e si pizzicò il naso. «Noi siamo importanti inserzionisti pubblicitari di quotidiani e televisioni, e di alcune riviste che contano. Li manteniamo noi. Per un pettegolezzo non rischierebbero di perdere i soldi che investiamo nelle loro testate, non sono pazzi». Gli sorrise. «Comunque la ringrazio, commissario. Voglio tener fuori Francesca da tutta questa storia».

«Certo, capisco... niente che la riguardi». Gli sorrise. «Ma questo lo dica a me, dottore: perché ha deciso di allevare la figlia di sua moglie?»

«Non me ne sono mai pentito». Fissò per un attimo il vuoto che aveva di fronte. «Forse era amore».

«La ragazza che cosa sa?»

«Che sua madre è morta di parto. Che non è mia figlia. Che sua madre non ha mai rivelato chi fosse suo padre. All'anagrafe lei è figlia soltanto di sua madre, infatti si chiama come lei, Francesca Tosi».

Il commissario scosse la testa, non si faceva persuaso. «Ma non le ha mai chiesto...»

«Certo. Per i primi cinque anni, Francesca è stata con la sorella di mia moglie. Ma poi mia cognata doveva partire per la California, in una situazione in cui le sarebbe stato difficile continuare a occuparsi di una bambina piccola. Abbiamo fatto una riunione, ne abbiamo discusso, abbiamo valutato quello che sarebbe stato meglio per la bambina. Questo è stato il risultato, e non me ne sono mai pentito».

«Lei ha adottato la figlia di un uomo che odiava».

Alessandro Metz scosse la testa, incrociando le braccia. «L'amore paterno è vanitoso. Io sono orgoglioso di questa ragazza, che è bella come sua madre, intelligente come il padre, ma che molto di quello che è lo deve a se stessa, a quello che ha imparato qui, e anche da me. Io l'ho aiutata a riconoscersi. Sì, sono molto orgoglioso di questa ragazza».

Il commissario fece l'atto di alzarsi, ma si rimise seduto. Stava per dire qualcosa di cui si sarebbe di certo pentito. Ma lo ritenne necessario. «Non ha un grammo del suo sangue, questa ragazza. Lei potrebbe addirittura sposarla».

«Mi sta chiedendo se è la mia amante? Se il nostro rapporto include anche questo?» Si accorse che il commissario si stava agitando, a disagio. «Lei fa un brutto mestiere, commissario, se non riesce ad ammettere che un uomo sia innamorato della propria moglie al punto di amare sua figlia come se fosse sangue suo... No, commissario, io sono in tutto suo padre, come se Francesca fosse davvero sangue mio. Per lei io sarei disposto a dare la mia vita, come farebbe un padre. In questo mi riconosco».

«Mi scusi, ma dovevo chiederglielo».

Lo guardò, pizzicandosi il naso. «Ma voi come l'avete saputo?»

«Che la vittima era il padre della ragazza? Non lo sapevo. Ho messo insieme un po' di cose, le ho fatto una domanda, ho rischiato... se lei mi avesse risposto di no, non ci avrei creduto ma avrei capito».

«Complimenti, ma prima di costringermi a chiudere la bocca ai *telebecchini*, ai cercatori di cadaveri… fate presto, commissario. Fate presto».

«Più passa il tempo e più si allunga la trama… Sembra un vicolo cieco, mi dispiace, dottore. Le confesso che non sappiamo dove mettere le mani». Fece un gesto, come se avesse voluto scacciare un moscerino. «L'ha saputo? La Visconti ha dato le dimissioni».

«Qualche nesso?»

«No, che si sappia. Ma la domanda che mi faccio è sempre la stessa: perché quel pomeriggio era qui? Lei si è dato una risposta?»

Alessandro Metz scosse la testa. «Sinceramente non ci ho pensato…» Fece una smorfia. «E se vedendo la gente entrare in questa agenzia e immaginando che ci fosse una festa, le fosse venuta la voglia di rivedermi?»

Si erano alzati insieme, come richiamati da un bisogno di muoversi. Alessandro Metz si avvicinò al commissario Negretti e gli sfiorò il braccio. «Tenga lontana Francesca da questa storia, per favore. La tenga fuori… Non voglio essere costretto a raccontarle chi era suo padre».

«Che cosa le ha detto di questo padre sconosciuto?»

«Le ho raccontato una bella favola, di un cavaliere che si è innamorato di sua madre, e lei è nata da quell'amore… Aveva anche un nome, questo cavaliere, che viveva in mare su una grande barca e non si fermava in nessun porto, si chiamava Thunder…

Francesca è venuta da me quando aveva cinque anni e molte domande nel cuore».

«E ora?»

«Ora è grande, ma non abbastanza per un simile dolore… la prego, commissario, lei non c'entra, la tenga fuori». Si pizzicò il naso, guardando in terra. «Se può…»

Il commissario lo guardò di sfuggita. «Certo che lei è strano… ma strano davvero».

Alessandro Metz fissò un punto sulla scrivania e fu come se si aprisse adagio un sipario. Sulla sua vita. Su quella parte di vita della quale ora era chiamato a rispondere.

Per quella bambina.

«Ciao» disse piano. A tutte e due

«Alex, siamo qui. Lei è Francesca...»

Era rimasto con le spalle verso la porta, dietro il grande tavolo di lavoro. «Sì» disse piano e si girò lentamente. Con lo sguardo scese da Roberta alla bimba che teneva per mano, tentando un sorriso. «Ciao» disse piano. A tutte e due.

«Di' ciao a Alex, da brava...»

«Ciao Alex...»

«Sedetevi».

«No, scusa. Andiamo in soggiorno, c'è pronta la merenda. Io ho un po' di fretta: devo ancora fare le valigie».

La bimba alzò un faccino triste. «Starò con te?»

«Sì, se vuoi...»

«Zia Roberta parte. Devo stare per forza con te».

«Magari ti piacerà stare con me».

«Sì, magari...»

«Quanti anni hai?»

Si guardò la manina, poi l'alzò aperta verso di lui. «Quasi» disse. E sembrava consapevole che cinque anni, quasi, fossero davvero pochi per andare a vivere con uno sconosciuto che si chiamava Alex.

Durante la merenda riuscì anche a farla ridere, raccontandole alcuni episodi dei giornalini che leggeva quando era bambino.

E fu ridendo, e probabilmente senza rendersi realmente conto che non l'avrebbe rivista per molto tempo, che Francesca salutò zia Roberta.

«Sarai buona?»

«Sì, zia...» e all'orecchio aggiunse: «È simpatico».

Ritornati al tavolo di lavoro, se la prese sulle ginocchia per mostrarle alcuni personaggi di un libro americano a fumetti. Le diceva i nomi in inglese e lei li ripeteva, divertita.

Assistette alla sua cena, in cucina. Andò a darle la buonanotte quando Consolata la mise a letto.

«La preghierina...» gli disse. Come se toccasse a lei ricordarglielo. La sentì affidarsi all'angelo custode e al buon Gesù. Con voce meno limpida pregò la sua mammina di starle sempre vicino. «Mammina, ti prego, stai sempre con me...»

Quando Alex la prese tra le braccia per metterla a letto, finalmente riuscì a piangere. E si addormentò tra le sue braccia, avendogli inumidito la manica della camicia.

Alex capì che doveva procurarsi una persona che pensasse a lei, anche quando lui era assente. Consolata non sarebbe bastata. Ma si fidò di lei.

«Una mia nipote che si chiama Mariuccia, e che ha tirato su i fratelli quando è morta sua madre, ora è libera perché quelli ormai sono cresciuti. Se vuole, glielo dico».

Seppe che Mariuccia aveva ventiquattro anni, niente grilli per la testa, e per caso si trovava proprio a Milano, in visita da una parente. E capì al volo che quelle due insieme avrebbero avuto amorevole cura della piccola, ma che sarebbe stato necessario trovarle un posto dove farla crescere all'altezza di questo suo padre adottivo che lei avrebbe sempre chiamato soltanto Alex.

Mariuccia si dimostrò per diversi anni, e sino a quando lui iscrisse Francesca in un college a Londra, una tata silenziosa e straordinaria. L'asilo e la scuola americana avevano fatto il resto.

Il primo volo lo affrontarono insieme, in Colorado a trovare zia Roberta e zio Giovanni, che si erano stabiliti là. Francesca aveva sette anni. Durante il volo, che era stato abbastanza turbolento a causa di un temporale, Alex la tenne d'occhio per valutarne le reazioni. Francesca stava leggendo e continuò a leggere e a ridere di quello che leggeva.

«Tutto bene?»

«Divertente».

Quando riferì a zia Roberta del loro viaggio, raccontò del libro, del mare che avevano sorvolato, accennò appena al temporale.

«Non hai avuto paura?»

«Certo che no… un aereo così grande e potente. E Alex era lì con me».

Alex che tornava a casa più spesso a colazione e a cena.

Alex che le suggeriva i libri della sua biblioteca da leggere.

Alex che la conduceva a teatro o al cinema, quando riteneva che ne valesse la pena.

Alex che discuteva con lei. Le raccontava del proprio lavoro. Le mostrava le pubblicità realizzate dalla sua agenzia sui giornali o alla televisione, gliene spiegava la *reason why* per renderle comprensibile il messaggio, soprattutto quando il target di riferimento erano maschi adulti.

Alex che affittava una barca a vela, per l'estate, e la portava con sé perché imparasse ad amare il mare, anche quando si faceva scuro e rugginoso.

Alex… che si ricordava dell'altra Francesca.

A Francesca piacevano altre cose. Soprattutto disegnare. Quando si trattò di decidere quale facoltà scegliere, scelse architettura. E Alex disse di sì.

«Posso venire qualche volta in agenzia da te?»

«Certo, quando vuoi».

«C'è un corso di psicologia della comunicazione che mi interessa: posso frequentarlo?»

«Non ti aiuterà molto, ma almeno saprai di che cosa parla».

Il professore incaricato era un giovanotto di ventisei anni, che ogni tanto l'accompagnava a casa.

E Alex disse di sì. Ma affrontò il giovanotto.

«Se lei sfiora con un solo dito mia figlia, io la faccio cacciare da tutte le università del mondo. Anche se mia figlia è consenziente. Ci pensi bene, professore».

Il giovanotto aveva riso.

«No, nessun pericolo. È una ragazza molto interessante, intelligente, spiritosa... ma io mi sposo tra due mesi e sono innamorato della mia ragazza. Loro si conoscono e vanno molto d'accordo. L'accompagno a casa, qualche volta, perché abito due portoni dopo il vostro. Tutto qui».

«Grazie. Se vi va qualche volta, noi abitiamo due portoni prima del vostro».

Si strinsero la mano ridendo.

Sapeva che non sarebbe stato sempre così facile, ma intanto intascava questa piccola vittoria. Francesca era ancora al di sopra di queste scaramucce. Al di sopra? Al di fuori? Sino a quando?

Diciannove anni. Il primo anno di università. A Monaco. Un piccolo appartamento condiviso con una compagna di facoltà.

E quella domanda, per la prima volta.

«Perché vivo con te ma non sono tua figlia?»

Per la prima volta ora doveva rispondere.

«Perché vivo con te ma non sono tua figlia?»

«Perché vivo con te ma non sono tua figlia?»
Aveva tentato di risponderle senza riuscirci. Balbettando dell'adozione, dell'America.
Avrebbe potuto dirle: *Io amavo tua madre ma lei si è innamorata di un uomo bello, colto e intelligente. Che non l'ha amata abbastanza.*
E sei nata tu.
Chi era suo padre, non glielo avrebbe mai detto.
Ma la favola di Thunder ormai non bastava più.
Io, sono tuo padre ora. Io, che l'ho amata...

Era al telefono, stava parlando con un probabile cliente cinese. Vide lampeggiare il citofono interno, e senza chiedere chi fosse rispose di sì.
«Faccio salire, dottore?»
Un'altra volta sì.
Riattaccò quando sulla porta comparve lui. Lo stesso che ricordava: era passato abbastanza tempo per aspettarsi un cambiamento.
Alessandro Metz era in Italia da quindici anni, l'agenzia funzionava a pieno ritmo da dieci. Non rive-

deva Schultz da quando si erano salutati a New York, durante la sua ultima visita alla Thompson.

«Se le porto in Italia la Stokkard mi prende con sé?»
«Non conti sulla Stokkard, si è già prenotata con noi per l'Europa. Venga se vuole rischiare».

Evidentemente aveva voglia di rischiare ed era venuto. «L'Europa, e l'Italia in questo momento, mi sembrano più stimolanti».

Aveva cambiato parere. Ed era invecchiato. Alex calcolò che doveva aver superato i cinquant'anni.

Si era seduto davanti alla scrivania di Alex. Gli aveva raccontato, con un bicchiere di whiskey in mano, le novità non brillantissime di Thompson, e le ragioni che l'avevano convinto a chiudere. Gli parlò dei colleghi. Degli eventuali clienti che avrebbe potuto portare all'agenzia. Di nuovi esperimenti creativi, che ormai erano noti anche in Italia.

E finalmente era arrivata la domanda:

«La bambina?»

«Sta bene» e sorrise. «Gli anni sono passati anche per lei, vive con me da quando ne aveva cinque. Se cercherà di vederla anche una sola volta, la sbatterò fuori dall'agenzia. E dall'Italia. Ci pensi bene prima di impegnarsi. Per lei non esiste e non esisterà mai».

«Sì, lo sapevo… non sa chi è suo padre?»

«No, vive con me da quando Roberta è andata in

California. Per lei non esistono né padre né madre. Soprattutto, e questo se lo ricordi, la ragazza non esiste per lei. Non posso obbligarla, ma ci pensi... Mi conosce, sa che posso rovinarla. Lei è l'uomo che ha messo incinta sua madre e poi le ha detto di no: Francesca si è ammazzata anche per questo... non me lo dimentico. Se lo ricordi anche lei. Lei è un assassino, Schultz. Poiché io non sono Dio e lei è un buon professionista, se sta ai miei patti, qui c'è posto anche per lei».

«Certo... non me ne dimentico. Sono sicuro che lei per la ragazza sarà migliore di me. In una casa di cura a Nerville, in Francia, io ho una moglie malata in modo irreversibile. Non l'ho mai detto, ma Francesca lo sapeva... Non sono un assassino, Metz. Io l'ho amata...»

«Va bene, so che non ne riparleremo mai più. Le conviene. Ben arrivato tra noi».

Premette un tasto del suo telefono e a vivavoce alla signorina che aveva risposto disse: «La prego di far accompagnare il signor Schultz dal dottor Solleciti».

«Subito, dottore».

Chiuse la comunicazione e si alzò, porgendogli la mano attraverso la scrivania. «Avrà la stessa posizione che ricopriva alla Thompson. Buon lavoro».

«Grazie...»

Lo vide dirigersi verso la porta. Lo stesso di quel giorno: la giacca blu, impeccabile sui calzoni chiari. I capelli biondo-grigi lunghi sul collo. Non lo vedeva, ma immaginò che avesse, come allora, una costosa pipa spenta tra le labbra.

Karl Schultz stava sorridendo: anche questo non poteva vederlo.

«So che lui è migliore di me»

«Ma certo che è lei... si accomodi».

Si era alzata facendo rumore con la sedia, e gli stava porgendo la mano con un sorriso. «La riconosco dalle fotografie... si accomodi», dirigendo lo sguardo verso una delle due poltroncine che aveva accanto alla scrivania. «Quando Francesca è venuta qui, un Natale, mi ha mostrato le vostre foto insieme... certo che è lei, si accomodi».

«La ringrazio di avermi ricevuto, signora. Ci tenevo a conoscerla... appena ho potuto».

«Certo, eravamo amiche dall'università... ci eravamo conosciute in biblioteca. Un caffè?»

«No, signora. Grazie. Mi aveva molto parlato di lei e della vostra amicizia».

Eleonora Visconti si guardò le mani, che aveva aperte sul piano della scrivania, e fece di sì con il capo. «Ma come è successo?»

«Non ho risposte a questa domanda, che tormenta anche me».

«Ha sposato Alex per andare in America. Sono sicura che non ne fosse innamorata. Quando gliel'ho detto sa che cosa mi ha risposto? *E quando mi ricapita*? Era fatta così».

«Avevo capito che non fosse felice... io le ho voluto bene».

«Perché non vi siete sposati? Potevate farlo... Alex non si sarebbe opposto».

«Io non potevo... ho una moglie ricoverata in un ospedale a Nerville, in Francia. Non potevo, ma Francesca lo sapeva. Non capisco perché abbia voluto quella figlia a tutti i costi, e io ci sono cascato come un idiota. Poi, il resto...»

«Già, il resto... ci vuole coraggio per morire in quel modo. Cinque piani... ma perché?»

Schultz la guardò a lungo, come se cercasse una risposta. Invece scosse appena la testa.

«Non lo so» mormorò adagio.

«Mi hanno informata che lei ora lavora per l'agenzia che Alessandro Metz ha aperto in Italia».

«Sì, da due mesi».

«Alex ne era innamorato, questo me lo ricordo. Nessuno di noi ha mai capito che cosa ci trovasse. Francesca era carina, ma tiepida. Mi dispiace parlarne così, ma non ho mai capito perché quei due si siano sposati. Per lei forse era un'opportunità. Ma Alex... un uomo colto, spiritoso. Con quel sogno nella testa e nel cuore: l'America e la pubblicità, parlava soltanto di quello».

Guardò l'uomo elegante che aveva di fronte e

scosse appena il capo. «Ma come fa ora a lavorare con lei? Che razza di uomo è?»

«Molto speciale...» Le sorrise. «Lui sa separare i sentimenti dal lavoro. Gli sono utile per un grosso cliente che ha ereditato...» La fissò, prima di aggiungere: «Meritatamente, perché sul lavoro è davvero geniale. Aveva bisogno di me per un cliente che io curavo da anni a New York per la Thompson e che ora è passato a lui, qui in Italia. Aveva bisogno di me e mi ha dato una scrivania e un discreto stipendio. Lavoro con lui, freddo e correttissimo come sempre».

«Non avete mai parlato di questa storia? E la figlia?»

Un sospiro, prima di rispondere. «Ha dettato le sue condizioni: durissime. La figlia di Francesca, mia figlia, vive con lui, l'ha adottata. Io ho la proibizione assoluta di andarla a trovare, di vederla, di parlarle... Mi butta fuori, è capace di farlo. Ho dovuto firmare presso un avvocato le sue condizioni, e so che dovrò rispettarle se voglio continuare a lavorare alla Alessandro Metz Group».

«Ma quante storie!» Eleonora Visconti si alzò, guardando di sfuggita l'orologio che aveva sulla scrivania. «Mi scusi, qui vanno tutti a colazione... venga». Aveva indossato la corta pelliccia di castoro e stava infilandosi i guanti, mentre si avviava verso le scale. «Scendiamo a piedi, altrimenti qui facciamo notte, con 'sti ascensori... Scusi se mi permetto, ma non la capisco proprio. Accetta di rinunciare completamente a sua figlia, come se non fosse sua, per uno stipendio?»

«Sarebbe terribile se fosse così... non l'avrei mai accettato».

«Invece?»

Erano arrivati in strada e lei fece cenno all'autista di accostare.

«Forse mia figlia, che ora è una bella ragazza, non ha bisogno di sapere la verità ma di credere in quell'uomo che si comporta come un buon padre. E può farlo».

«Per lui Francesca non è niente, si rende conto?»

«Per lui è la figlia della donna che ha amato. Verso la quale, forse, si sente colpevole per non averla amata come lei avrebbe voluto. Non so che cosa abbia nella testa, ma so che lui è migliore di me».

'E a te fa comodo' pensò Eleonora Visconti, stringendogli la mano. «Mi telefoni, quando vuole. Potremo fare colazione insieme. Mi farà piacere parlare di Francesca con lei: eravamo molto amiche».

«Lo so, grazie».

Mentre l'autista chiudeva la portiera, fece in tempo a pensare che non avrebbe più voluto rivederlo.

«Da Giannino, sono in ritardo».

«Sì, dottoressa».

Invece l'occasione arrivò tre settimane più tardi, mentre la centralinista era in malattia e il ragazzo che la sostituiva non aveva letto le disposizioni.

«Dottoressa, per lei il dottor *Sciuz*... In linea».

Lo riconobbe dalla voce. «Ah, è lei... tutto bene?»

«Ho bisogno d'aiuto...»

Sembrava impacciato e lei si preoccupò, maledicendo il ragazzo che le aveva passato la comunicazione. «Se posso...»

«Per un cliente inglese hanno organizzato una cena alla Società del Giardino. Smoking. Io e signora... io non conosco una signora all'altezza dello smoking...» Fece una pausa, forse sorrise mentre aggiungeva: «Oltre lei, naturalmente. Mi farebbe l'onore di accompagnarmi?»

«Sono socia del Giardino... quando sarebbe?»

«Sabato 18 alle venti e trenta...»

Eleonora Visconti diede un'occhiata all'agenda, sapeva di essere libera. «Sì... sì, va bene. Con piacere. Le farò da *chaperonne*». Stava ridendo. «Dovremo essere puntuali, venga alle otto». E gli diede l'indirizzo di casa. «Ci sarà anche Alex?»

«No... non ama questi incontri che giudica mondani, anche se il fine è strettamente professionale. Manda me... La ringrazio, signora».

«Eleonora».

«Eleonora, sì. Grazie di aver accettato».

Tre gardenie. Per lei

Non se l'aspettava come le era apparso davanti al cancello dell'ascensore, che a lei saliva sino in casa.

Smoking perfetto e di ottimo taglio, occhiali sfumati d'azzurro con una montatura leggera, in mano tre gardenie. Per lei.

Che per quella cena aveva scelto un abito nero, diritto e aderente al corpo, dalla scollatura alle caviglie. Tacchi alti e nessun gioiello. Trucco leggero e capelli raccolti alla nuca, profumo che Schultz riconobbe: Chanel N°5.

Appuntò una gardenia alla piccola borsa da sera di raso nero. «Sono pronta».

La pelliccia di *breitschwantz* con il collo di zibellino ad anello e i guanti bianchi di *chevrot.* «Sarà meglio chiamare un taxi, i posteggi sono difficili».

Alla risposta che aveva provveduto all'auto di rappresentanza con l'autista che sarebbe tornato a riprenderli, lei lo guardò con l'ammirazione che avrebbe meritato un fisico nucleare alla scoperta di un atomo. «Bene» disse. «Possiamo andare». Dopo l'incontro a Palazzo di Giustizia, Eleonora aveva chiesto informazioni su quel Karl Schultz, che aveva altri due cognomi impronunciabili. Gliene erano arrivate, un po' imprecise: per esempio non vi si faceva cenno alla moglie malata a Nerville. Tuttavia erano specificate la data e il luogo di nascita, in Alsazia; famiglia ebrea molto benestante emigrata in America per sfuggire alle leggi razziali. Baroni... Questo l'aveva colpita, e alla Società del Giardino l'aveva presentato ai soci con quel titolo, ripetuto ogni volta, come se le venisse naturale. Barone Karl Schultz, un caro amico...

I posti a tavola li aveva assegnati l'ufficio Pubbliche Relazioni dell'agenzia: Schultz era seduto tra la moglie dell'industriale svedese e la presidentessa del circolo; Eleonora alla destra dell'industriale. Si comportavano come se fossero una coppia. Riuscirono, malgrado gli impegni di Schultz, a ballare un tango e un altro ritmo lento. Per non lasciarsi confondere, Eleonora rideva.

Davanti al portone di casa dovette accettare che Schultz l'accompagnasse sino al cancello dell'ascensore del suo appartamento, al quinto piano.

Un baciamano garbato. «La ringrazio davvero, spero che non si sia troppo annoiata. Grazie, Eleonora».

«È stata una bella serata. Buonanotte, Karl».

«Buonanotte, Eleonora».

Il giorno dopo le fece recapitare una pianta di gardenie con un semplice biglietto: *Grazie, Karl.*

Per una festa al Circolo della stampa era stata lei, quella volta, a telefonargli. «Un *bal en tête*... le farebbe piacere accompagnarmi? Io sono sola».

Aveva riso. «Dovrò mettermi una parrucca?»

«No, soltanto le signore... allora, è sì?»

«Certo, con molto piacere. A che ora?»

Lei elegantissima in un abito rosso fiamma con orecchini di rubino e lunghi guanti bianchi, lui in smoking con giacca bianca e cravatta di seta. Stavano bene insieme, erano intonati. E le signore avevano notato, e avevano fatto notare ai loro rispettivi mariti, che lui invitava una di loro a ballare soltanto quando Eleonora era impegnata con un altro cavaliere.

Quella notte, riaccompagnandola a casa, aveva accettato di bere una tisana, in quel salotto da architetto, davanti al camino spento.

Erano passati al tu. «E per favore non mi mandare un'altra cascata di gardenie... ti prego».

«Come vuoi».

Questa volta si era trattato di un libro. La Mansfield di *Una tazza di tè*.

Che lei aveva letto e trovato delizioso. Glielo disse cinguettando al telefono.

Poi fu la volta della contessa Sabadini: Giulia non invitava facilmente estranei alle sue cene. Ma quella volta espresse il desiderio di avere anche il barone.

Che si era fatto precedere da un mazzo di peonie

sfumate dal rosso al giallo, con un semplice biglietto bianco: *Grazie, Karl.*

E finalmente era arrivata la cena in casa di Eleonora.

«Niente di speciale, saremo noi due soli. Ma ho voglia di parlare con te. Abbiamo molte cose da dirci, ti dispiace?»

«No, naturalmente. E sarà molto speciale». Aveva riso, come se fosse impacciato. «Posso permettermi un Sauternes? Già fresco?»

«Hai un mucchio di vizi, barone... D'accordo, io avrò il caviale».

Era una primavera precoce, faceva già abbastanza caldo per apparecchiare in terrazza, sotto il tendone, al riparo delle piante che Eleonora aveva ritirato dal fiorista e rimesso nei vasi di pietra scura. Tra i vasi qualche pianta fiorita e in fondo al terrazzo, dalla parte opposta al tavolo dove aveva apparecchiato, un groviglio di piante odorose, dal basilico al rosmarino, dalla lavanda al peperoncino, in una bella macchia colorata.

La tavola semplice ma ordinata, quasi spoglia, secondo un principio che per Eleonora era tassativo: niente di inutile e di superfluo dove si mangia. I fiori su un tavolinetto a parte, con le bottiglie, altri piatti su un piccolo *servant* a portata di mano. Un carrello tecnologico per aiutare il servizio senza obbligarla ad alzarsi. Quando fu sicura che tutto fosse pronto, andò a cambiarsi: un abito di seta color blu notte, accollato ma con un lungo spacco sul dorso che a ogni movimento si apriva a mostrare che la signora non portava reggiseno. Sandali e tacchi alti, una collana di ametiste viola e rosa a più giri, un trucco e un profumo leggeri.

Quando aprì il cancelletto dell'ascensore, si fece trovare con due calici in mano, vuoti.

«Ti aspettavo» disse ridendo.

Il Sauternes era fresco al punto giusto.

«Chi era Francesca?»

Cenarono scherzando sulle persone che avevano incontrato a quelle feste. Ricordando gaffe, gesti, frasi... a ognuno facendo il verso. Ridendo. In quell'improbabile italiano di Schultz. Nel suo inglese perfetto. Di tanto in tanto una frase, un proverbio, un modo di dire in tedesco. Al termine della cena spensero le candele sul terrazzo e si accomodarono in salotto, con il caffè.

«Sono molto incuriosita da te».

«Lo immagino».

Eleonora, tolte le scarpe, si era semisdraiata sul divano; liquori, ghiaccio e bicchieri sul tavolino che era in mezzo a loro. Karl seduto su una delle poltrone di fronte. Una sola lampada accesa.

«Che cosa è successo a Francesca?»

«Forse la domanda sarebbe più appropriata se potessi dirti chi era la ragazza che io ho conosciuto e che si chiamava Francesca».

«Ecco, chi era Francesca?»

«Una ragazza molto carina, ma molto fragile. Non so perché abbia sposato Alessandro Metz, difficile da capire».

«Questo posso dirtelo io: per andare in America. Lei non ne era innamorata. Se la faceva, e non so sino a che punto, con un certo Paolo della biblioteca dell'università. Lui era un tipo speciale...» Da un cenno del capo si rese conto che Karl aveva capito e sapeva chi fosse, Francesca gliene aveva parlato. «Non so sino a che punto, ma credo che lei ci fosse andata anche a letto. Quando Alex le ha chiesto di andare in America con lui, si è sposata in fretta e furia... scusa, parlo troppo velocemente?»

«No, va bene...»

«Che cosa non andava con Alex?»

«Tu lo hai conosciuto, lui ha un gran cervello. In questo mestiere è un genio. Non sa tenere una matita in mano ma ottiene dai grafici e dagli art quello che nemmeno loro sanno di poter fare. Gli basta un'occhiata...»

«Insomma, un genio. Era così anche all'università, una gran testa. Studiava sempre...»

«Lo faceva anche da marito. Francesca era giovane, sciocchina, voleva divertirsi...»

«Con te?»

«Sì, anche con me. Cinema, qualche show a Broadway, jazz... poi è successo. Inutile dirti che non sono stato io a fare il primo passo, sapevo di avere molto da perdere. Francesca è rimasta incinta. Davvero all'inizio era convinta che fosse di Alex. Poi ha capito che non era possibile... ha capito che era sicuramente nostro. Sapevamo anche quando era successo, tutto coincideva. Il resto lo sai...»

«Sì, me l'ha raccontato Roberta, sua sorella, quando ha portato la bimba a casa. Perché si è ammazzata? E in quel modo tremendo? Per una morte così ci vuole coraggio, Francesca non ne aveva. Come ha fatto?»

«Domande inutili, non hanno risposta. Io non potevo sposarla, ma avremmo potuto sistemare il nostro futuro. Non sarei stato un padre e un marito modello, ma...»

Eleonora bevve un lungo sorso di whiskey. Quando depose il bicchiere sul tavolo fece di sì con la testa. Come se stesse rispondendo a se stessa.

«Questo, appunto».

«Vuoi dire...»

«Sì, per sua figlia ha voluto un padre modello. Ha voluto Alex. Sapeva che lui l'avrebbe fatto». Allungò il bicchiere e lasciò che Karl le versasse altro liquore e due cubetti di ghiaccio. «Per sua figlia ha voluto un padre perfetto».

«Non ti sembra un po' esagerato?»

«Tu non hai conosciuto così bene Francesca: lei era sempre esagerata. Non lo so di sicuro, ma posso immaginarlo: lei si è tolta la vita perché sua figlia potesse crescere nel migliore dei mondi possibili».

Una smorfia. «E se Alex avesse detto di no?»

«Temo che tu non conosca troppo bene neppure Alessandro Metz».

«Probabile» disse sottovoce. «E tua figlia?»
«Non l'ho quasi mai vista...»
«Somiglia a te?»
«Forse... somiglia soprattutto a lui. Hanno un rapporto molto intenso».
«Non ti dispiace?»
«Dovrebbe? Gelosia paterna... No, per quella ragazza io non provo assolutamente niente. Forse sì, curiosità. Non è con uno spermatozoo che si diventa padri. Lui lo è certamente. Lui ha amato Francesca, io no. Lui ama questa ragazza come Michelangelo ha amato il suo Mosè... è una sua creatura. Di mio ha i capelli biondi. Poco, per esserne orgoglioso».
«Sì, temo di sì. Peccato...»

Il cielo stava schiarendo, quando si salutarono davanti all'ascensore.
Avevano fatto l'amore ed era stato piacevole.
Quasi perfetto.

Erano diventati per tutti una coppia

Erano diventati per tutti una coppia. Non vivevano insieme, ma vivevano insieme tutte le occasioni nelle quali era piacevole: pranzi e ricevimenti, feste, vacanze, teatro, viaggi. Lui le offriva spesso lunghi week-end in un Grand Hotel di Stresa, con piscina e spa da diva hollywoodiana, lei brevi vacanze nel suo appartamento di Courmayeur, proprio di fronte all'Hotel Royal e alla piscina calda, all'aperto anche d'inverno, in mezzo alla neve.

A Karl piaceva sciare, soprattutto d'estate. Ed era finalmente arrivata l'estate. Prima di quella vacanza a Courmayeur era arrivato l'invito del cavalier Giovanni Caccia per le due settimane in villa a Porto Rotondo. Nell'invito era ben specificato che il cavaliere aspettava con gioia Eleonora e Karl: confermare, prego. E al loro arrivo avevano trovato pronta a ospitarli la migliore camera matrimoniale della villa. Tutto chiaro, alla meravigliosa luce del golfo.

Karl si era dimostrato un ospite perfetto. Non soltanto verso la padrona di casa, che lo stuzzicava con le ricette di piatti esotici di cui era esperto, ma in modo particolare con il cavaliere, padrone di un noto marchio di birra italiana. Quando gli altri ospiti si ritiravano in camera a riposare, il cavaliere e Karl restavano sdraiati sulle *chaises-longues*, all'ombra, davanti a quella distesa biancoazzurra increspata dal vento, nuda ai loro occhi, perché non c'erano spiagge intorno e le barche passavano molto al largo. Il silenzio rotto soltanto dallo sciabordio del motoscafo di famiglia legato al molo, che serviva per trasportare gli ospiti dalla villa alla lussuosa barca a motore ferma in porto.

Parlavano poco. Il cavaliere era tentato dalla pubblicità. Karl, pur sapendo che sarebbe stato un cliente piccolo e difficile, voleva convincerlo a tentare l'avventura. Sarebbe stato il primo, l'unico sul mercato di quel settore. E se questo fatto stuzzicava la vanità del cavaliere, Karl Schultz sapeva che una buona campagna avrebbe potuto trascinare anche altri clienti dello stesso ramo più grandi e più importanti economicamente.

«Lei dice che è un vantaggio?»

«Certamente. Guardi il caso della Coca-Cola». Pur sapendo che era un caso unico, straordinario e irripetibile.

Dopo cena giocavano a carte, scala quaranta. Karl non giocava, ma assisteva Eleonora, standole seduto accanto. Una sera, durante una di queste partite, gli sembrò che un piede nudo gli stesse accarezzando una caviglia. Non poteva essere Eleonora, quindi suppose che fosse Aurora, la sua migliore amica, che gli era seduta di fronte. Più giovane, più bella, più ricca. E più sola: suo marito l'aveva lasciata, senza molti rimpianti, per una modella africana.

Scostò il piede. Si alzò. Versò da bere a Eleonora. E poiché non era sciocco, supponendo addirittura che fosse una manovra di Eleonora per misurare il suo grado di fedeltà, si chinò a baciarla sul capo. «Ti dispiace se vado in camera? Vorrei sbrigare del lavoro».

«Certo… quando ho finito».

«Ti aspetto…» E questo lo disse in modo che tutti intorno a quel tavolo potessero sentirlo. Gli sembrò addirittura che Eleonora fosse arrossita: non potendolo dedurre dal viso, abbronzato, gli bastò l'atteggiamento quasi infantile con cui abbassò il capo sulle carte che aveva in mano.

Alla fine della vacanza a Porto Rotondo, Karl Schultz aveva incassato due successi personali: l'interesse sin troppo esplicito di Aurora nei suoi confronti e la promessa del cavalier Caccia di visitare l'agenzia e di lasciarsi convincere a intraprendere una piccola campagna pubblicitaria per il prestigio del proprio marchio.

Una settimana a Courmayeur, nell'appartamento di Eleonora, gli era sembrata più che sufficiente per essere autorizzato a dire che doveva riprendere il lavoro. Cena offerta a tutta la compagnia sulla terrazza del famoso St. Martin du Vel, brindisi e molti arrivederci con qualche abbraccio. Poi l'ultima notte con Eleonora.

«Stiamo bene, insieme... non vuoi trasferirti da me?»

«No, cara. Sarei un pessimo convivente. Non ho orari, mangio e dormo quando ho tempo... spesso lavoro anche di notte».

«Sai che non mi hai mai detto dove vivi?» Lei non glielo aveva mai chiesto.

«Ho affittato l'appartamento della vedova Leonardi. Io ho l'intero appartamento e lei s'è tenuta, con entrata indipendente e porta che si chiude dai due lati verso il corridoio centrale, l'appartamentino di servizio con la cucina».

«E da mangiare?»

«Lei mi offre il caffè, al mattino. Qualche volta ceniamo insieme, ma molto raramente... Non posso avere ospiti». Neppure a dormire, voleva intendere: ma non lo disse.

«Bella, bionda, trentenne, alta un metro e ottanta?»

«Grigia, piccola, grassottella, quasi settantenne. Molto gentile. Con porta d'accesso sempre chiusa».

«Dici che posso stare tranquilla?»

«Dipende da te», disse. *E da Aurora, la tua amica del cuore.*

Invitò due volte Eleonora a cena, ma la riaccompagnò a casa, per non creare precedenti. Una volta s'intromise anche Aurora, che criticò la casa, la tovaglia con i pizzi che la vedova aveva sfoggiato per quella occasione, e i piatti con i fiori. Sotto la tavola stuzzicò Karl che si alzò e scostò la sedia, per farle capire che quel gioco non lo coinvolgeva. La provocò: perché capisse che aveva troppo da perdere.

Eleonora, il giorno dopo, gli telefonò ridendo. «Sai che cosa mi ha detto Aurora?»

«Preferirei non saperlo...»

«No, invece... mi ha detto che ho avuto un gran sedere a incontrarti... scommetto che ti ha provocato, la scema».

«Deve averlo fatto malissimo, dato che non me ne sono accorto. Forse non è così fatale come crede».

«Lei dice di sì». Rideva, eccitata e riconoscente. Si sentì obbligata a dire una frase che aveva sempre evitato: «Ti amo».

Non era vero, ma a volte una piccola bugia apre molte porte: ora stava scioccamente spalancandogli la propria. «Vuoi vivere con me?»

Non era pronto. Glielo disse sottovoce. «Non sono ancora pronto... da troppi anni vivo solo».

«Un giorno?»

«Tu sarai sempre la cosa migliore che la vita mi ha dato». Sapeva mentire, persino con la voce che diventava opaca, che s'incrinava per l'emozione di parole e sentimenti che non provava.

«Grazie, amore... anche tu».

Di quel tessuto e colore delle tendine dei Wagon-Lits

Ed erano arrivate le vacanze natalizie.

A lui spettavano quindici giorni, sarebbe tornato in agenzia il quattro di gennaio.

«Courmayeur?»

Schultz le passò un braccio intorno alle spalle. «Non vuoi un viaggio, una crociera?»

Eleonora fece una smorfia. «A Natale si muovono tutti... alberghi pieni di gente che non vorresti incontrare mai... A Courmayeur abbiamo la mia casa, i nostri amici... mi hanno detto che saranno tutti lì, dopo Santo Stefano. A Capodanno c'è la festa al Royal, mi sono comprata un abito nuovo, ti piacerà...»

«Ne sono sicuro. Hai un desiderio speciale?»

«Non un regalo, per favore. Non voglio».

«Aiutami. Un gioiello?»

«No, sei pazzo? Invece un'idea ce l'ho. Avrai sentito parlare di questo Louis Vuitton... fa borse a Parigi, sono strane. Pensa che ha preso il logo, e anche il tessuto e il colore, dalle tendine dei Wagon-Lits di cinquant'anni fa. LV intrecciati... ecco, se devi andare a Parigi, me ne prenderesti una? Una bella borsa da viaggio... non un regalo, per favore, m'imbarazzerebbe. Ma mi piacerebbe vedere come sono e averne una, qui ne parlano tutti».

«Perché non vieni con me?»

«Non posso, ci avevo pensato... Prendimela tu, del tuo gusto mi fido».

E sotto l'albero di Natale, che Eleonora aveva allestito con enormi sfere e fiocchi tutti viola, perché il suo albero fosse strano e diverso dagli altri, lui trovò una bella maglia a giacca di cachemire e lei la sua borsa Louis Vuitton, una borsa da viaggio, che ne conteneva una più piccola da passeggio, in quello strano materiale che sembrava plastica con le finiture in cuoio chiaro.

Strillò di gioia. Lo abbracciò come una ragazzina stupita al primo bacio.

«Ho indovinato?»

«Perfette...»

Ne era sicuro, l'aveva aiutato nella scelta una mannequin di Chanel, che aveva incontrato al ristorante e che aveva passato con lui la notte.

«Perfette per una donna di cinquant'anni» gli aveva detto. A lei era bastata una rosa.

Adducendo una questione personale, che chi lo conosceva aveva attribuito a una visita alla moglie malata a Nerville, disse di essere tornato in Italia il giorno dopo Natale. Evitando auguri e convenevoli. La vedova gli aveva preparato il tacchino ripieno con le patate al rosmarino. Avevano cenato, per quella volta insieme, in sala da pranzo, e in tavola c'erano anche le candele. Ancora insieme, e in salotto, avevano guardato il Natale in televisione. Poi la vedova si era ritirata, con il suo pacchetto disfatto tra le mani, il regalo di Schultz: una larga sciarpa di lana viola con le frange.

Era uscito. Aveva attraversato strade illuminate dagli addobbi natalizi; incontrato gente a gruppi che usciva dalle chiese o dai ristoranti.

Era solo. L'uomo più solo al mondo, come può esserlo un uomo con cattiva coscienza.

Non aveva mai pensato a Francesca. Mai aveva accettato l'idea di essere responsabile della sua morte. Una ragazza infelice, esaltata, che aveva immaginato che vivere fuori dalle regole fosse cosa facile. Era sicuro di averglielo detto con chiarezza, durante i mesi della gravidanza: io non sarò mai suo padre. Io non voglio questo figlio. Io non voglio te. La moglie a Nerville gli era servita a convincerla. Francesca aveva detto di sì, che capiva. Erano d'accordo: sarebbe stata figlia soltanto sua, poi sarebbe tornata in Italia.

Perché quella figlia a ogni costo, contro ogni ragionevolezza?

E perché si era ammazzata in quel modo tremendo? Cinque piani. Con gli occhi aperti nel vuoto. Cinque piani, un tempo abbastanza lungo per un pensiero.

Quale?

Non aveva mai riflettuto su queste cose, mai in quegli anni che lo avevano portato da New York a Milano, dalla Thompson alla Alessandro Metz. Accanto a quell'uomo che certo lo odiava. Ma che aveva bisogno di lui.

Mai di fronte a quella ragazza, che era sua figlia. Verso la quale non sentiva nulla che somigliasse all'amore. Neppure paterno.

Era bella, più bella di sua madre. Con una personalità evidente, persino fastidiosa, che ricordava la presunzione esasperata dell'uomo che l'aveva allevata.

E che ora aveva bisogno di lui.

Sorrise tra sé. Questo era il suo regalo di Natale: da Parigi aveva portato in agenzia il briefing di una grossa azienda, la M.C. Berger. Che avrebbe gestito con un budget miliardario.

Questo pensiero bastò a tranquillizzarlo.

Il suicidio è una scelta, quasi un premio alle proprie angosce. Predestinati: morire in quel modo diventa la conclusione che libera dal dolore.

Francesca aveva scelto per sé. Lui voleva vivere.

Il giorno seguente era partito con Eleonora per Courmayeur. Non amava quella donna, ma era parte della vita che aveva scelto. Per il momento.

Ed era una vita apprezzabile, persino comoda. Certamente pratica.

Eleonora era disponibile, affettuosa. Aveva superato tra le sue braccia una brutta crisi post-matrimoniale con divorzio. Non ne parlava volentieri, ma la sua delusione era palpabile. Il marito che l'aveva rifiutata per una ragazza più giovane e più intraprendente era stato l'amore.

Eleonora si riteneva fortunata che quell'uomo elegante, colto, raffinato, che le amiche le invidiavano, avesse scelto lei.

Mai avrebbe accettato l'idea che fosse stato lui a farsi scegliere.

Karl Schultz era consapevole di essere l'affettuosa medicina che viene dopo. Libero di andarsene quando lo avrebbe ritenuto giusto. Quando la comodità fosse diventata troppo pesante.

Come un cuore ancora capace di selezionare e di accogliere, il Grand Hotel Royal

La vita a Courmayeur era come la conoscono tutti quelli che ci ritornano da anni, in vecchie case, spesso in ville seminate tra giardini carichi di neve. Un paese immobile per rispetto delle vecchie famiglie, con la pretesa di educare il gruppo prima che diventasse branco. Il maestro di sci per evitare le code agli skilift, le piste più difficili per evitare i principianti. E in paese le strade del centro con i soliti caffè, le vetrine dei negozi addobbate, l'albero di Natale sproporzionato davanti alla chiesa, il cane San Bernardo con la fiaschetta al collo, le luci, la bella libreria. Un paese immobile, perché ognuno la ritrovasse identica ai ricordi che aveva accumulato negli anni, dal Kinderheim al primo ballo, al primo figlio.

E su tutti, il fascino di una vecchia aristocrazia che parla sottovoce e mastica la erre. Al centro del paese, davvero come un cuore ancora capace di selezionare e di accogliere, il Grand Hotel Royal.

L'appartamento di Eleonora, in una costruzione moderna di sassi e calce, leggermente sopraelevata rispetto alla strada principale, era gradevolmente essenziale. Due camere da letto, un bagno e un servizio, cucinino e soggiorno con camino. Pavimenti di legno, muri grigi con lo zoccolo alto di legno e finestre a ogiva dietro spesse tende grezze. Nell'atrio, che serviva anche all'appartamento di fronte, un ripostiglio per sci e scarponi.

Anche i mobili erano stati scelti nello stesso stile: due divani ricoperti di tessuto di lana rosa salmone e cuscini variamente colorati, un tavolo con molte sedie imbottite per accogliere molti invitati, un tavolino basso e vecchio con due sedie impagliate davanti al camino. Su quel tavolo, come un gesto intimo, Eleonora e Karl consumavano i loro pasti quando erano raramente soli.

Troppo spesso, in quella convivenza occasionale, Eleonora gli chiedeva se fosse felice. E Schultz le rispondeva di sì. Avendo perduto di vista la felicità da molti anni.

Erano spesso invitati nelle ville di quelli che conoscevano e dove venivano accolti come se fossero una coppia regolare. Eleonora aveva successo per la sua posizione e la sua eleganza. Schultz per quel tanto di misterioso e di esotico che lo avvolgeva. Obbligandoli a rispondergli in inglese o in francese li selezionava secondo il proprio comodo: galante con le signore, molto interessante per gli uomini. In generale affascinante per tutti. Una vera perla, irreprensibile: fortunata Eleonora.

Conducevano una vita abbastanza appartata, almeno sino all'ora dell'aperitivo al Royal. Dormivano in due camere separate, lei nel letto matrimoniale, lui nel divano-letto della camera più piccola in un gioco di seduzione che Schultz conduceva da maestro.

Non l'obbligava ad alzarsi presto per andare a sciare. Andava da solo, con il maestro, sapendo che a metà mattina si sarebbe unita a loro anche Aurora. Che sciava bene, forse addirittura meglio di lui. Guardandola saettare sulle piste in posizione corretta, nella tuta bianca che le segnava seno e fianchi, nessuno avrebbe immaginato che fosse la *puttana* che tutte le mogli evitavano. Si era fatta quella fama dopo che suo marito l'aveva lasciata per una ragazza di vent'anni che voleva addirittura sposare. Aveva pianto, poi si era fatta consolare. Accettata in quella compagnia perché era ricca e, soprattutto, perché amica di Eleonora. Trascorreva lunghe vacanze a Courmayeur, anche d'estate: sempre alloggiata al Royal, camera 227.

A fine mattinata Aurora restava sulle piste, Schultz tornava a casa.

Prima di separarsi si fermavano al bar, a volte sulle sdraio al sole, a raccontarsi. Aurora gli raccontava di sé, della propria infelicità, Schultz della propria solitudine. Mentre le accarezzava la mano, con un gesto lento, una pressione lieve che le dava i brividi.

«Mi dispiace che tu sia l'uomo di Eleonora».

«A me no» rispondeva spavaldo.

Ma questa donna lo aveva profondamente turbato. Il pallore del viso, l'azzurro violento degli occhi, le labbra sottili ma ben disegnate, una dentatura sana e coerente al suo modo di ridere e di sorridere con la consapevolezza di un gesto perfetto.

Questa donna, che mostrava la propria femminilità con spavalderia, aveva acceso la sua fantasia come nessun'altra prima di lei da molto tempo. La sua complessa sfera sessuale aveva reagito con uno strappo doloroso, che al senso di colpa univa in lui un'esaltazione quasi brutale.

«Eleonora mi aspetta...»

«Venite a prendere il tè da me, oggi pomeriggio».

«No, andiamo a Chamonix. Se vuoi...»

Aurora scosse la testa. E disse di no.

E arrivarono alla fine dell'anno.

Eleonora elegantissima in un abito bianco con due fusciacche bianche e nere che le avvolgevano il corpo, una bella collana orientale, tacchi alti e sottili. Karl in smoking con camicia di seta e cravatta nera. Una bella coppia, che mostrava senza troppe reticenze di andare d'accordo.

«Perché non si sposano?» chiedeva la contessa Isabella, alla quale piacevano le storie a lieto fine. «Possono, lei è divorziata... l'ha ottenuto il divorzio, no?»

Allora, sottovoce, le raccontavano della moglie molto malata a Nerville.

«Oh, che peccato… una così bella coppia. Così innamorati».

E li guardava ballare: stavano così bene insieme. E lui, un gran signore. Peccato.

Karl invitava a ballare anche le altre signore che avevano mariti poco inclini al ballo. E Eleonora sorrideva compiaciuta, sicura di non correre rischi. Neppure con Aurora, che aveva indossato un abito un po' troppo scollato davanti e sulla schiena. Ballando, gli aveva accostato la bocca all'orecchio. Quel fiato caldo sul collo lo stava facendo impazzire. La scostò sgarbatamente, poi le sorrise: la musica era terminata.

Per il resto della serata, che si concluse intorno alle due di notte, Schultz restò nel gruppo degli uomini. Partecipò al trenino e al gioco delle seggiole, baciò Eleonora a mezzanotte, fece due balli con lei, poi la prese per mano: «Io sono stanco» disse. Guardando Aurora.

Aiutò Eleonora a indossare la pelliccia di lince e a coprirsi il capo con una sciarpa, salutò chi era rimasto e uscendo diede la mancia al cameriere che li aveva serviti.

Il giorno dopo, a cena, quegli amici sarebbero venuti da Eleonora per le lenticchie con lo speck e una spruzzata di sherry, secondo una ricetta molto speciale di Karl.

Si salutarono tutti ridendo. «A domani... di un anno più vecchi...»

«Ehi, tu sei già vecchio...»

«Pensa per te... 'notte».

«Buon anno... buon anno...»

Aurora baciò Eleonora e sfiorò la guancia di Karl, che istintivamente si ritrasse.

«Buon anno» le disse sottovoce.

Rientrati a casa, molti di loro andarono a dormire. Karl Schultz fece l'amore con Eleonora e si addormentò nel suo letto.

Da un vaso Schultz sfilò una rosa rossa
e si avviò verso gli ascensori

Passarono la mattina un po' a letto e molto in cucina, per le lenticchie di Schultz. Mentre Eleonora apparecchiava la tavola, lui si occupò degli antipasti, tartine di salmone, coppette di salsine con gamberi, crema di tonno. E i salatini che avevano ordinato al salumiere con fettine di prosciutto, mostarda e sottaceti.

I vini bianchi e la meringata in frigorifero, i vini rossi già stappati e pronti sul carrello. Un'alzata di frutta, con melagrane, uva bianca e nera, ciliegie, mandarini e limoni di Sicilia, in mezzo alla tavola.

«Perché tu sei così bravo?» Le sembrava strano che un uomo sapesse fare tante cose, e in modo così perfetto.

«Perché ho sempre vissuto da solo, in un loft in America. Per avere amici ho imparato a stupirli...»

«Anche Alessandro Metz?» Era la prima volta che ne riparlavano.

«Sì, anche lui. Con Francesca. Venivano spesso a cena da me. Lei non sapeva cuocere un uovo e lui avrebbe mangiato qualunque cosa purché lo lasciassero parlare di sé e del suo lavoro».

«Era così anche da ragazzo».

«Non è cambiato».

Karl le sfiorò la bocca con un bacio. «Vado a fare due passi».

«Io vado a buttarmi sul letto... non tornare tardi».

In strada, Schultz entrò in un bar e chiese un caffè doppio.

«Buon anno, barone».

«Grazie, anche a lei».

Lo conoscevano tutti, in quella strada. Quando passava, lo salutavano scappellandosi; lui si portava due dita alla visiera del berretto a jaquard *made in England* e accelerava il passo.

Attraversò la strada ed entrò al Royal.

«La signora Monti?»

«È in camera, barone». L'uomo alla reception gli rispose come se si aspettasse quella domanda. Parlò brevemente al citofono, a bassa voce, poi gli si rivolse con un sorriso: «Camera 227, secondo piano».

Da un vaso Schultz sfilò una rosa rossa e si avviò verso gli ascensori.

La porta era socchiusa e Aurora era a letto.

«Ce ne hai messo del tempo!» Scostò le coperte, ed era nuda.

Karl Schultz arrivò a depositarle la rosa tra le gambe, essendo riuscito a spogliarsi in quel breve tragitto tra la porta e il letto. Lasciando cadere jeans, camicia e giacca, scarpe e calze, sul tappeto finto orientale. Arrivò nudo, davanti a lei. Orgoglioso del suo corpo allenato in palestra e dallo sport. Si tolse gli occhiali, poi si chinò a baciare la rosa.

Quando guardarono l'orologio, si accorsero che erano quasi le sei: la signora aveva gradevoli vizi che Schultz fu molto lieto di assecondare.

Vide l'ora e mise le gambe fuori dal letto.

«Devo andare, stasera c'è la cena a lenticchie».

«Le hai fatte tu?»

«Sì, è tutto pronto».

Si stava rivestendo senza fretta. Per ultimo si infilò gli occhiali e si chinò a baciarle un seno, stringendole il capezzolo tra le labbra.

«Stasera parlerò a Eleonora» disse.

La sentì ridere. «Vorresti trasferirti da me?» La risata diventò volgare. «Guarda che io qua non ti voglio... volevo soltanto dimostrare a quella scema che tu sei come tutti gli altri... eccoti qui, t'è bastato un fischio».

«Per la verità di fischi ne hai fatti parecchi, incredibile per una donna che si crede irresistibile: di solito ne basta uno».

Gli arrivò sul ventre, ben mirato, il libro che Aurora aveva sul comodino. «Vattene, va'... vattene via, mi fai schifo!»

«Non urlare, diventi brutta». Uscì e si chiuse la porta alle spalle.

Al bar del Royal incontrò un paio di persone che

conosceva, restò con loro a bere un tè, poi guardò l'ora e la ripeté a voce alta, perché tutti ne fossero al corrente: erano le sei e quaranta.

«Siete pronti per questa sera? Ci sono le lenticchie!»

«Ciao, alle otto e mezzo... dobbiamo portare qualcosa?»

«Niente, Eleonora non vorrebbe. È tutto pronto».

«Ciao, a stasera allora...»

«Ciao».

Entrando in casa andò nella sua camera e prese le due borse da viaggio, le appoggiò sul letto e iniziò a riempirle, meticolosamente com'era sua abitudine.

«Che cosa stai facendo?»

Gli era arrivata alle spalle, in pantofole: non l'aveva sentita.

«Torno a casa...»

«Stai scherzando, spero... abbiamo dodici persone a cena».

«Tu hai dodici persone a cena. Io torno a casa».

Un attimo di sospensione, come a riprendere fiato. «Sono stato a letto con Aurora».

«Che cosa? Ma sei pazzo? La mia migliore amica, ma che cosa t'inventi!»

«Dubito fortemente che sia la tua migliore amica, se è venuta a letto con me».

«Ma che razza di mascalzone sei? Con la mia migliore amica...»

Uscì dalla camera con le due borse pronte, passandole davanti le fece una carezza.

«Stava finendo» disse sottovoce.

«Per me non stava finendo...»

«Bisogna essere d'accordo in due».

«Ma smettila, sei un porco come tutti... maledetto! E stasera? Io qui a spassarmela con questi e le tue maledette lenticchie. Non potevi aspettare? Ti prudeva?»

«Ti prego...»

«E se tu torni con la tua macchina, mi dici con che cosa ritorno io a Milano?»

«Non lo so, ma sono sicuro che troverai qualcuno disposto a darti un passaggio, non sei sola».

«E tu... non puoi aspettare domani?»

«No, non posso. Mi dispiace». Un'altra carezza sotto il mento e aprì la porta. «Le lenticchie basta scaldarle».

«Ma va' al diavolo, te e...» si mise davanti alla porta per impedirgli di uscire. «Sei un vigliacco maledetto... hai fatto morire Francesca, adesso capisco tutto! Ti odio, sporcaccione che non sei altro... Con la mia migliore amica, ma non ti vergogni mai? Sì, vattene! Vattene al diavolo, io ti rovino! Ti rovino... ti odio!»

«Per così poco?»

«E te la farò pagare... questa me la pagherai, signor barone dei miei stivali...»

Non sentì il resto, perché aveva già chiuso la porta alle sue spalle. Gli sembrò un finale indecoroso. Ma quella storia era finita. Attraversando il pianerottolo vide che la vicina di fronte aveva socchiuso la porta, evidentemente si era goduta lo spettacolo.

Con la macchina si fermò a Saint Vincent, aveva ancora due giorni di vacanza. Ne sprecò uno al Casinò, poi tornò a casa. La vedova l'accolse come se l'avesse aspettato.

«Oh, dottore! stasera ho le lenticchie, portano buono... ceniamo insieme, posso permettermi, barone?»

Quando spense la luce erano passate da poco le due: il mattino dopo avrebbe dovuto riferire, in agenzia, del suo viaggio a Parigi e del budget della M.C. Berger che avrebbe preteso di gestire.

Provò a sentirsi soddisfatto. Si era liberato di Eleonora e sarebbe diventato socio alla pari con Alessandro Metz. Spense la luce con un sorriso.

Fu a quel punto che sentì un dolore acuto allo stomaco. Trattenne il fiato, sperò che passasse. Poiché durava fu costretto a telefonare al suo medico, che fortunatamente trovò a casa.

«Che tipo di dolore è?» Glielo descrisse, cercando di essere preciso. «Che cosa ha mangiato?» Poco e fatto in casa: gli elencò i tortelloni, il brodo, le lenticchie e il budino di cioccolata. «Niente di speciale... Magari faccio un salto a visitarla, non mi convince».

«Mi dispiace, possiamo fare domattina...»

«No, meglio di no, se è quello che penso. Mi aspetti, entro mezz'ora sono da lei».

Arrivarono insieme, dottore e autoambulanza. Il mattino seguente dovette avvertire in agenzia che non poteva tornare.

«Vacanza, dottore?» cinguettò Marisa, la sua segretaria.

«Sono in ospedale, ma lo dica soltanto al dottor Metz». Le dettò nome e indirizzo dell'ospedale in cui era stato ricoverato, il nome del suo medico e il numero della sua stanza. «Niente di grave, accertamenti... Venga appena può e dica al dottor Metz che ho i documenti firmati della Berger: hanno accettato la proposta».

«Bene, lei sempre fantastico... Vengo subito, ho delle carte da farle vedere per la Mussini di Genova. Mi raccomando, dottore. Qui abbiamo bisogno di lei».

'Lo so' si disse. 'E ora veniamo al dunque, dottor Metz. Si prepari, perché io sono pronto'.

Come il regalo che si fa a un bambino

Ad Alessandro Metz, che era andato a trovarlo lo stesso pomeriggio, dovette dirlo: «Pancreatite. Il dottore sospetta che si tratti di pancreatite. Niente di serio, ma va curata. Mi dispiace».

«Non si preoccupi, noi andiamo avanti. Quando tornerà in agenzia le mostreremo le nostre proposte per la M.C. Berger».

«Ma il cliente è mio...»

«Il cliente è dell'agenzia, Schultz. Lei sa che io non ho mai voluto queste priorità. Quando torna, e spero presto, se ne occuperà lei. Per il momento, e in emergenza, lo terrò sotto controllo io».

«Grazie, ho promesso al cliente la massima attenzione».

«Normale». Si alzò e gli fece un saluto con la mano. «Ora pensi a guarire, abbiamo bisogno di lei».

Gli disse quella frase come il regalo che si fa a un bambino malato per tenerlo tranquillo. Accostò la sedia al letto e gli girò le spalle.

«Grazie».

«A presto». E richiuse la porta.

Quella sera stessa telefonò al proprio medico e gli chiese notizie sulla pancreatite. Quello che gli disse il professor Venturi, oncologo di fama e suo amico personale, non lo rassicurò. «Potrebbe essere un tumore, tienimi informato...»

Non ce ne fu bisogno. La degenza durò poco più di due mesi, quando Schultz tornò a casa e in agenzia era smagrito, aveva perduto molti capelli e aveva l'aria confusa.

«È sicuro di voler tornare? Non è un po' troppo presto?»

Aveva detto di no. Il lavoro l'avrebbe aiutato a superare la crisi. Si curava, e pur con molte assenze era sempre pronto e disponibile per ogni necessità, amorevolmente assistito da Marisa, che gli ricordava le medicine e gli impegni.

«Grazie, cara».

«Dovere, dottore».

Fu normale non affidargli incarichi che l'obbligassero a viaggiare o colloqui troppo impegnativi, ma la M.C. Berger restò nel suo portafoglio personale, anche se a occuparsene, sotto il controllo di Alessandro Metz, furono sempre l'art director Aldo Vecchi e Giorgio Comencini, il direttore marketing, gli unici soci di Metz dalla fondazione dell'agenzia.

«Ma il cliente è mio» ribadiva Schultz con orgoglio. Infatti telefonava spesso a Parigi, discuteva con *monsieur* Berger la campagna che Vecchi e Comencini gli avevano presentato, abilmente smussava qualche perplessità, qualche dubbio.

«Appena potrò muovermi verrò a trovarla, *monsieur* Berger».

«L'aspetto, certo... mi farebbe così piacere».

«Comunque, tutto bene?»

«Sì, caro *Herr* Schultz... le cose funzionano. Siamo molto soddisfatti».

Fu quello che disse il giorno in cui chiese a Metz un colloquio privato.

Quando entrò nello studio del capo, fu stupito di trovarci anche Vecchi e Comencini.

«Volevo un colloquio privato» disse. Rimanendo in piedi.

«È privato, Schultz, perché Vecchi e Comencini sono miei soci nell'agenzia. Si sieda».

«Ecco, appunto... Volevo dirle che *monsieur* Berger è contento della campagna».

«Lo sappiamo».

«Ecco, a questo proposito, io credo di aver portato all'agenzia i migliori clienti del nostro portafoglio. Ultimo, *monsieur* Berger». Poiché Metz era rimasto immobile a guardarlo, tamburellando con le dita sulla scrivania, fu costretto a continuare il discorso che nessuno aveva interrotto. «Credo di avere il diritto di chiedere una quota di questa agenzia. Di meritarmelo».

«No, Schultz. Io non voglio soci, voglio sbagliare da solo». Stava sorridendo.

«E loro? L'ha appena detto».

«Quando ho aperto l'agenzia Vecchi e Comencini lavoravano per due agenzie molto note e quotate in Italia. Erano i migliori, ma hanno creduto ai miei progetti e mi hanno seguito. Hanno una quota dell'agenzia...» Noiosamente spiegò le percentuali, gli oneri e i diritti. «Hanno perduto posto e soldi per venire con me. Ho voluto risarcirli. Tutti gli altri hanno un contratto secondo il ruolo e l'impegno, a norma di legge. Come lei».

«Questa agenzia mi deve molto».

«Perché? Lei svolge un lavoro e ha un contratto adeguato al suo ruolo. Sbaglio?» domandò, rivolgendosi a Comencini.

Domanda retorica, perché sapeva che era così.

«Ma questo cliente, oggi il maggiore dell'agenzia, è mio... l'ho portato io, dipende da me».

«Lei fa molta confusione, Schultz. Il cliente ci ha contattato e noi, cioè l'agenzia, abbiamo risposto. C'era un *brief* e noi siamo stati i migliori. Il cliente è dell'agenzia; lei, nel suo ruolo di account, è stato il tramite tra le necessità del cliente e la nostra eccellenza. L'agenzia, signor Schultz. Non lei. L'agenzia». E si pizzicò due volte il naso tra l'indice e il pollice.

«Ma sono stato io...»

«La prego, ho altro da fare. Le ho spiegato...»

«Non mi ha spiegato un bel niente, caro Alessandro Metz. Con chi parla il cliente quando telefona in agenzia? Con me. Chi lo rassicura, spiana le stupidaggini di una campagna che non è fantastica, e lei lo sa... L'ha accettata perché gliel'ho fatta digerire io! Il cliente è mio, segue me. Ce l'ha chiaro in testa, dottore? Segue me, è mio! E lo porto dove voglio io».

«Davvero?» Erano tutti in piedi, Vecchi e Comencini accanto alla porta, pronti ad andarsene. «Ci provi». Strinse i pugni e gli puntò gli occhi addosso. Lo stava odiando e voleva che se ne rendesse conto. «Ci provi» ripeté con calma.

«Non mi sfidi, dottore. Lo sa anche lei che questo cliente è mio. Parla con me. Con me discute le vostre proposte. O lei mi offre una quota pari alla loro o io porto questo cliente alla ESSE & CI. Era già con loro, ci ritorna con me. Ci pensi».

Si girò per andarsene, come se volesse lasciargli il tempo di riflettere.

«Dove va? Dove scappa...»

Schultz tornò lentamente sui suoi passi, sicuro di averlo convinto: stava sorridendo.

«Bene, sono contento che lei abbia capito...»

«Che cosa, Schultz? Che lei è un miserabile? Lo so da un pezzo». Stava ridendo a labbra strette.

A Schultz la tirata sembrò il preambolo di un cedimento. Metz non avrebbe accettato le sue condizioni senza mostrare di essere il più forte.

«Lei è una persona spregevole, e sono contento che mi stia offrendo l'occasione per liberarmi di lei. Vada dove vuole, la risposta è no. E quella è la porta».

Vecchi e Comencini alzarono insieme la testa: il portafoglio clienti di Schultz comprendeva tre dei maggiori budget dell'agenzia, Metz era impazzito. Ma non fecero un gesto.

Si scostarono dalla porta mentre Schultz la raggiungeva, minacciando la fine del mondo.

«Porterò via anche la Stokkard e i cantieri di Genova e...» La porta che si richiuse alle sue spalle impedì ai tre di sentire quale altra minaccia incombeva su di loro. Ma soprattutto i due soci erano allibiti.

«Alex, non dovevi... Se gli riesce il colpo ci lascia in mutande, ti rendi conto?»

«Noi tre in mutande... non male».

«Non fare lo spiritoso, sai che può riuscirci. È molto stimato dai clienti».

«L'agenzia è molto stimata dai clienti, anche perché ha elementi come lui e come voi. E come me. Noi siamo l'agenzia. Se non sono scemi, non sospendono una campagna in corso per seguire lui. Comunque, vediamo».

«Ma se davvero invece lo seguono?»

«Non ci meritano».

«Non dire stronzate, Alex. Lo sai anche tu come sono fatti i clienti. Vogliono ottenere il meglio spendendo sempre meno. Se sono convinti che lui è il nocciolo duro della campagna e possono ottenerla spendendo un terzo meno… ti rendi conto, vero? Ti salutano e se ne vanno. E la Huggs… anche lì ci ha messo lo zampino lui. Se convince anche Huggs ad andarsene… accidenti, Alex, ti rendi conto? Altro che mutande. Dovevi almeno ragionarci un momento, lo hai preso di petto, potevi convincerlo».

«Io non voglio tra i piedi uno pronto a pugnalarmi. Sarebbe stata una continua minaccia… preferisco chiudere».

«Io, no».

«E neppure io, accidenti. Facevamo un buon lavoro». Vecchi sembrava isterico.

«Quando lui farà la sua proposta ai nostri clienti, ci chiameranno. Chiameranno me. E soltanto allora saprò se devo comprarmi un paio di mutande nuove».

«Fai lo spiritoso, va'…»

«Non faccio lo spiritoso. Penso a me e a tutti voi. Molto seriamente…»

«Ma sei ottimista, beato te».

«No, sono pessimista della ragione. Aspetto».

«Perché non telefoni tu?»

«Vecchi, per favore… Quando i clienti mi chiameranno, perché loro di certo mi chiameranno, io fingerò di non saperne niente… capite che cosa significa?»

«Sì… lui che fa la parte di Giuda. Ma non basterà».

«Vedremo… a che punto è il carosello della Huggs?»

«Lo vediamo domani… chissà. Io ho in mano i contratti Rai già firmati».

«Stai tranquillo, quello è un fetente».

L'indomani incaricò l'avvocato e il commercialista di preparargli la liquidazione.

«Pensiamoci» disse l'avvocato. «Il preavviso…»

«Che preavviso, siamo pazzi? È venuto a minacciarci di farci chiudere l'agenzia se non stavamo alle sue condizioni. Ci deve essere una regola anche per questo. Ma voi da che parte state?» Aveva alzato il tono di voce, contrariamente alle sue abitudini. Nei momenti di tensione gli piaceva parlare a labbra strette e a voce bassa. Si riprese. «Voglio vedere i termini della sua liquidazione e voglio che sia chiaro che mi ha minacciato davanti a due testimoni».

«Tuoi soci» disse l'avvocato con un sorriso di scherno.

«Questo non è mio socio». E fece cadere sul tavolo un piccolo registratore. «Questo è imparziale, o no?»

«Sei tremendo, accidenti». E intanto rideva azionando il registratore per assicurarsi che funzionasse. «Ma come ti vengono…»

«Ho studiato Legge come te, a qualcosa doveva servirmi. Volevo essere sicuro di incastrarlo. E ora vediamo chi la spunta».

«Non vorrei mai averti contro».

Metz si pizzicò il naso.

«Conosco gli scarafaggi come lui. Sospettavo che venisse a pretendere qualcosa, è un pezzo che me l'aspetto e mi preparo. C'è cascato, l'idiota. E ora sbattetelo fuori. Fuori!» Picchiò il pugno sulla scrivania e fece tintinnare i bicchieri che avevano usato e gli altri oggetti variamente sparpagliati, comprese le sue preziose Montblanc e la fotografia di Francesca, la figlia. Il giorno della laurea in architettura, a Monaco.

Lui era lì.

Lui, che non era suo padre.

Quando il ragionier Brighi tornò in agenzia con le carte firmate, tutti gli furono attorno, soprattutto Marisa, già pronta a commuoversi.

«Com'è, come sta?»

«Uno straccio... non ha più capelli, gli occhi rossi e due borse che sembrano quelle del supermercato. Gli trema la mano... non è più lui».

«Ha detto niente?»

«No, niente. Ha firmato a fatica, ha preso la busta e l'ha messa da parte senza nemmeno guardarla...»

«Non ha detto di salutarmi?»

«No...» e scosse la testa. «No, neppure buongiorno».

«Pover'uomo... un tumore. Non se lo meritava proprio».

«E chi se lo merita un tumore? Non ti dimenticare quello che ci ha detto Vecchi: voleva farci chiudere l'agenzia».

«E tu dai retta a Vecchi? Quello è nato tremebondo… figuriamoci. Il dottor Schultz amava il suo lavoro e la nostra agenzia, nessuno lo sa come me… Un vero signore…»

«Come, no? Comunque se n'è andato e facciamola finita».

«Ma i clienti?»

«Pensi che Metz se li lasci scappare? Tutti come agnellini… lui, sì, è un vero signore… una gran testa, quello, te lo dico io».

«Intanto Huggs vuole una convention per presentare ai media la prossima campagna. L'hai detto a Schultz? E lui?»

«Come se non mi avesse sentito. Gli ho lasciato il verbale della riunione, per gentilezza. Era un suo cliente… ho fatto male?»

«No, hai fatto bene. Così lo teniamo al corrente, poveraccio. Finché si può…» Tirò su dal naso e si passò una mano sui capelli. «Carità cristiana, qui non è materia…»

Il signore era pronto

In agenzia lo sapevano tutti che Schultz era in ospedale. Un tumore al pancreas e poche speranze di cavarsela. Durante i primi mesi Marisa e alcuni che avevano lavorato con lui erano andati a trovarlo. Poi, come succede in questi casi, mentre lui peggiorava le visite si diradarono: non avevano più niente da dirsi.

La vedova una volta al mese andava a portargli la biancheria pulita, la posta, i biscotti. Si fermava poco, perché aveva poco da dirgli. Prendeva i soldi dell'affitto, ringraziava.

«Bisogno di niente?»

«No, grazie...»

Si stupì quando lo vide arrivare a casa, senza preavviso, con un infermiere.

«Benedetta Madonna... torna a casa, dottore?» Sembrava più preoccupata che felice, ma volle sorridergli. «È guarito?» Lei che non sapeva che malattia avesse.

«No, soltanto di passaggio... devo andare in agenzia, mi accompagna lui. Devo vestirmi».

«Ma la fanno lavorare... che teste hanno?» Batteva

le mani, non si capiva se per contentezza o disappunto. «Un caffè?»

L'infermiere disse di sì, grazie. E mentre Schultz andava in camera a cambiarsi, l'infermiere, in cucina, si godette il caffè appena fatto e le chiacchiere della vedova.

«Ma è malato tanto?»

«Non ne possiamo parlare, non siamo autorizzati».

«Già certo, per discrezione… stupida io che ho fatto la domanda». E allora gli raccontò che era un barone, che era ricco, che era tedesco ma aveva vissuto in America. «E ora andate in agenzia? Io mi credo che è anche sua quell'agenzia, ha la macchina con l'autista».

«Ne abbiamo presa una a nolo. E poi mi darà la mancia». Con la mano la donna fece il gesto di contare banconote tra il pollice e l'indice. «Si faccia pagare, ne ha e ha poco da vivere… ma è un signore».

Il signore era pronto. Si appoggiò al bastone e al braccio del ragazzo. «Possiamo andare». E rivolto alla vedova aggiunse: «Stasera torno a dormire, arrivederci».

La receptionist, che era stata assunta da poco e non lo conosceva, lo guardò con un certo istintivo disappunto. «Lei desidera, prego?»

«Sono Karl Schultz…» Il fastidio di doversi presentare in casa propria. «Mi chiami Marisa…»

«Sì... Si accomodi nel salotto d'attesa, prego». Si era alzata dal suo posto e stava tenendo aperta la porta del salotto d'attesa, dove di solito aspettavano i fornitori. «Prego, chiamo subito».

Marisa arrivò a braccia aperte già disposta a commuoversi. «Dottore… che piacere. Ma allora sta meglio…» E intano guardava il giovanotto, indecisa se salutarlo o ignorarlo.

«È un infermiere dell'ospedale, mi ha accompagnato lui».

«Ma certo… Sa che arriva mister Huggs? Gliel'hanno detto? Chi vuole vedere, dottore?»

«Alessandro Metz». Pronunciò il nome quasi scandendolo. «Voglio parlare con lui».

«Sì, dottore, chiamo subito… Tutto a posto, vero? I documenti che le hanno portato a casa… tutto a posto?» Era l'unica che continuava a chiamarlo dottore pur sapendo che era un titolo abusivo, ma era il suo capo e in qualche modo doveva fargli sentire che lo rispettava.

«Vedremo. Ora mi chiami Metz, voglio parlare con lui». Non sembrava più tanto malato, parlava con l'energia che lei aveva conosciuto.

«Subito. Intanto vuole qualcosa? Bere…»

«No, grazie. Alessandro Metz, voglio parlare con lui».

Poi, rivolto al giovanotto con il tono con cui di solito ci si rivolge a un cameriere: «Se lei vuole andare a farsi un giro... io qui ne avrò per una mezz'oretta. Torni che poi mi riaccompagna a casa».

«Non è più in ospedale?»

«Qualche giorno, il tempo di sistemare alcune cose personali». Un gesto di congedo con la mano al giovanotto. «Vada, vada...»

«Sì, dottore. Torno tra mezz'ora. Buonasera signorina».

I primi ad arrivare furono Comencini e Vecchi. «Ehi, ma che sorpresa... Sta meglio?»

«No, ma voglio parlare con Metz. So che arriva Huggs, state lavorando?»

«Sì, siamo impegnati per la convention. Avremo una trentina di giornalisti e operatori radio e televisivi. Stiamo montando le slide della campagna, la presentazione la farà Stucchi».

«Non Metz? Mi sorprende».

«Credo che Metz farà soltanto il saluto iniziale».

«Certo, il cliente non è suo. Che cosa sa della campagna Huggs?»

«Accidenti, Schultz, questa storia non le va proprio giù. Metz sa tutto di tutti i clienti dell'agenzia, più di ciascuno di noi che ci lavoriamo».

Schultz sorrise, stirando appena le labbra. «Caro Comencini, si chiama idolatria. E non fa bene né alla salute né al portafoglio».

«Grazie, stanno bene tutte e due».

Metz, entrando, andò diritto verso Schultz trascinando una poltroncina. Si sedette davanti a lui. «E allora, complimenti: sta meglio, vedo. Una visita? Siamo un po' impegnati per Huggs, che arriva domattina... alle sette e quaranta, e maledizione mi tocca andarlo a ricevere all'aeroporto...» Stava ridendo, ma era nervoso. Capiva che Schultz non era arrivato sin lì in quelle condizioni per sentirsi raccontare la sua levataccia del mattino seguente. Ma... «Allora?» domandò, interrompendosi.

Marisa aveva portato e sistemato su un tavolino alcuni bicchieri e bottiglie di acqua minerale. «Se vi occorre altro, chiamate me».

«D'accordo, grazie».

Versata l'acqua nei bicchieri, in silenzio, Metz alzò gli occhi verso Schultz. «Allora? È venuto ad augurarci buon lavoro?»

«Sei un figlio di puttana! Stai cercando di vendicarti... non sei stato capace di tenerti la moglie, che ha preferito ammazzarsi piuttosto che tornare con te...» Si sbracciò verso gli altri due che erano rimasti in piedi. «Ve l'ha mai raccontata questa storia? No? Il genio... sua moglie si è gettata dal quinto piano per non tornare con lui, questo è il vostro grande capo. L'ha ammazzata lui!»

Aveva urlato e dovette interrompersi perché era stato colpito da un accesso di tosse. Bevette un sorso, tossì. Poi guardò Metz che era rimasto impassibile. «Non dici niente?» lo apostrofò. «Non dici niente?

Lo sai che non hai niente da dire, stramaledetto... Mi hai portato via i clienti, anche questo. Huggs è un mio cliente, non ti vergogni? Non sai niente di lui. E se io domani ti arrivo qui, che cosa succede? Lo sai che cosa succede... Huggs parla con me, non sa nemmeno chi sei, tu! Non sa neppure chi sei... non sa!» Altra tosse e altro sorso di acqua.

Alessandro Metz si alzò. «Bene, se abbiamo finito, io ho da fare». Gli girò le spalle per andarsene.

«Dove vai? Io non ho finito con te... non ho finito».

Metz girò appena la testa. «Io sì». E, facendo un gesto a Comencini e Vecchi: «Andiamo, abbiamo cose più serie che ci aspettano...»

«Non finisce qui... ricordatelo, Metz. Non finisce qui».

«Per me sì».

Uscirono tutti e tre dal salotto e arrivò Marisa con l'infermiere.

«Che cosa è successo, dottore? Sta bene? Vuole...»

«Niente, niente... non finisce qui. Grazie, Marisa... Domani... domani vedremo... portami a casa. Andiamo, grazie Marisa».

Si aggrappò al braccio del giovanotto e trascinando i piedi si avviò con lui alla macchina. Prima di salire diede un'occhiata alla targa che era a lato della porta: Alessandro Metz & Group. Strinse le labbra, salì e sbatté la portiera.

«Il vento ci dà scarsa, Capo: dovremo fare dei bordi per arrivare».
«Puggia un filo: lasciala camminare, se dobbiamo fare bordi, facciamoli veloci».
«Metto di bolina, Capo!»

Ci ha raccontato di avervi sentito litigare

Eleonora Visconti sollevò la testa dai fogli che stava consultando con un gesto nervoso: il commissario Negretti era entrato nel suo studio e stava richiudendo la porta.

«E allora?»

«Scusi, dottoressa, volevo parlarle».

«E non si bussa?»

«La porta era aperta».

Quella scema di Paola, la sua segretaria, che era appena uscita.

«Che cosa vuole?»

«Qualche domanda...» Si grattò la fronte, un gesto che faceva spesso quando era nervoso. «Lei, dottoressa, conosceva questo Schultz, come diavolo si chiamava». Lo disse in modo certo, non glielo stava chiedendo.

«E allora?»

«Non ce l'ha detto».

«Avrei dovuto? Per quale motivo? In America era stato l'amante di una mia amica».

«Sì...»

Intanto era arrivato davanti alla scrivania. «La moglie di quell'Alessandro Metz. Doveva dircelo, dottoressa».

«Non sono obbligata a raccontarvi chi conosco e chi frequento».

«Ma questo l'hanno ammazzato».

«Non l'ho ammazzato io».

«Ma avete vissuto insieme».

«Un momento, è stato mio ospite qualche giorno nel mio appartamento a Courmayeur, a fine anno». Negretti si era seduto davanti a lei e la dottoressa Visconti notò che la faccenda doveva essere grave, altrimenti non l'avrebbe mai fatto senza chiederle il permesso. «Allora?» domandò in modo sgradevole.

«Si è presentata tale Lucia Rivelli, di Pavia. Ha riconosciuto le foto sui giornali e ci ha raccontato di avervi sentito litigare... a Courmayeur lei ha l'appartamento di fronte al suo. Stesso pianerottolo. Che lei lo ha minacciato».

Eleonora Visconti tentò di ridere. «Quella non ha mai sentito due litigare sul serio, brutta scema... mi piantava in asso con dodici persone a cena. Certo che gliene ho dette di tutti i colori, maledetto lui. Ma non l'ho ammazzato».

Tentò di ridere per dargli l'impressione di essere tranquilla.

«Vi frequentavate anche a Milano» disse Negretti a bassa voce.

«Anche a Milano, sì. Che cosa vuol sapere di preciso, se scopavamo? Questo fa di me un'assassina?»

«Avremmo preferito saperlo da lei. L'hotel di Stresa, i circoli di Milano... insomma, eravate una coppia».

Eleonora Visconti incrociò le braccia. «Bene, eravamo una coppia. E abbiamo litigato. C'è altro che vuole sapere?»

«Perché non ce l'ha detto?»

«Li consideravo fatti miei. Che non c'entrano con la sua morte».

«Questo dovrebbe lasciarlo giudicare a noi, dottoressa».

«Vi avrebbe soltanto confuso».

«Ma guarda...» Si alzò e accostò la sedia alla scrivania. «Dovremo mettere a verbale...»

«Parlerò con il giudice Corti e gli spiegherò la situazione. Niente di grave».

«Va bene, grazie...» Negretti si avviò verso la porta, ma si fermò in mezzo alla stanza. «Perché quel giorno era da Metz?»

«Gliel'ho spiegato, mi pare. Mi aveva incuriosito tutta quella gente, le televisioni, i fotografi... Gliel'ho detto, curiosità. Era stato a Giurisprudenza con me, marito di una mia amica... Che cosa ci trova di strano?»

«Un morto ammazzato in un gabinetto a quattro passi da voi, e che era stato il suo amante per oltre un anno. Le sembra normale?»

«Era normale. Mi dispiace, Negretti: dovete cercare ancora. Non l'ho ammazzato io».

«Certo, naturalmente. Buona giornata».

Quando richiuse la porta, Eleonora Visconti si passò una mano sulla fronte, era sudata. Accidenti, non poteva immaginare che quella scema sarebbe andata a raccontare della loro litigata sul pianerottolo. Niente di speciale, naturalmente, l'avrebbe detto a Corti: proprio a lui, il più beghino del tribunale. Gliel'avrebbe fatto capire, una bisticciata tra due che si separano... insomma, non l'aveva ammazzato lei, che lo provassero. Invece di sbrigarsi a cercare il vero assassino, stavano perdendo tempo con lei, questo avrebbe detto a Corti.

Dannazione.

Quando da Courmayeur era tornata a Milano, gli aveva telefonato di venirsi a riprendere le cose che aveva lasciato a casa sua, tra la camera da letto e il bagno. Due sacchetti in portineria, insieme alla preziosa pianta che le aveva fatto recapitare con un biglietto affettuoso. La pianta era ancora nel vestibolo della portineria, ci passava davanti ogni giorno e ogni volta lo stramalediceva.

Ma non l'aveva ammazzato lei.

«Quella notte il dottor Metz ha dormito qui»

Mentre esaminava con una certa curiosità le prove della campagna pubblicitaria Stokkard, in attesa che li raggiungesse l'avvocato Puntoni, il commissario Negretti ripensava al colloquio con la dottoressa Visconti. Non lo convinceva.

Accettò ancora mezzo bicchiere di Schweppes e si fece coraggio. «Lei sapeva che Schultz era l'amante della dottoressa Visconti?»

«Sta scherzando». Metz si girò a guardarlo e scosse la testa. «No, non sta scherzando» commentò. E riuscì a ridere.

«Non lo sapeva?»

«No, e non mi pare possibile. Lei e Schultz? Quando si sarebbero conosciuti? E poi... era qui da me, quel giorno... si ricorda? Ma avanti, che storia è... dove l'avete presa una scemenza simile?»

«È così, dottor Metz. Più di un anno. Finita burrascosamente a Courmayeur a Natale».

«Quest'anno? Ma era malato».

«L'anno scorso, ormai quasi due anni fa».

«Non mi ha detto di conoscerlo...» Si pizzicò il

naso tra il pollice e l'indice e sorrise. «Adesso capisco il cane».

«Quale cane? La dottoressa ha un cane?»

«Quella sera l'ho accompagnata a casa e aveva un cane, un rottweiler non troppo aggressivo ma molto attento. Non l'avete mai visto?»

«No, mai saputo. Che cosa c'entra?»

«Niente, naturalmente, pura malignità. Ma sono cani da difesa...»

Anche Negretti si consentì di ridere. «Non sapevo del cane, però c'è cascata. Non le ha detto di conoscere Schultz neppure quando lei l'ha riconosciuto?»

«No. Abbiamo passato la sera insieme, abbiamo parlato di Francesca, mia moglie, che era sua amica. Di Schultz non mi ha detto niente».

«Lei si è spiegato il motivo per cui non le ha detto di conoscerlo?»

Alessandro Metz alzò di colpo la testa. «L'ha ammazzato lei?»

«Avrebbe potuto?»

Si versò ancora due dita di whiskey nel bicchiere e Negretti gli fece di no, che non ne voleva. «Non è semplice, ma proviamoci. La dottoressa Visconti sapeva che lui sarebbe venuto qui la mattina presto...»

«Come faceva a saperlo?»

«Che ne so? Ma lei da che parte sta, commissario? Forse glielo aveva detto lui».

«E lui lo sapeva? Che lei era qui e che doveva partire presto per l'aeroporto?» Negretti restò a fissarlo, contento di averlo messo in imbarazzo.

«Lui lo sapeva, gliel'avevo detto io. Che sarei partito presto. E sapeva anche che in questi casi io dormivo qui».

«Avevano litigato, non si vedevano più, perché lui avrebbe dovuto dirle che veniva alla convention di Huggs? Ha una risposta?»

Alex scosse la testa. «No, sinceramente. Schultz è venuto qui alle sei e mezzo per ammazzare me. Quella rivoltella l'aveva lui».

«Spiegazione logica. Ma la Visconti? Potrebbe essere che lui le abbia telefonato per dirle che veniva qui alle sei e mezzo per incontrare lei e la dottoressa l'abbia seguito… ma regge poco».

«Non regge per niente. Credo che siano due cose separate e occasionali. Lei è passata di qui, magari s'è incuriosita…»

«Magari» lo interruppe Negretti, «ha sperato di incontrarlo… un po' di nostalgia».

«Non l'ha ammazzato lei, l'avrebbe fatto meglio».

«Sì, anche noi abbiamo messo da parte questa ipotesi. Strano che non l'avesse detto a noi, non c'era niente di male».

«S'è vergognata… Oh, ecco l'avvocato». Gli strinse la mano, allungando il braccio oltre la scrivania. «Ancora un po' che aspettavi e qui facevamo un romanzo giallo».

L'avvocato Puntoni si sedette, accettò il whiskey e distese le gambe. «Che altre storie ci sono? Non finisce mai questa faccenda?»

«Finché non mettiamo le mani sull'assassino, difficile, avvocato. Questo lo sa anche lei».

«Perché siamo qui?»

«Perché il suo cliente ci ha mentito, avvocato. Quella notte il dottor Metz ha dormito qui».

Puntoni strizzò gli occhi e fece una smorfia. «Hai dormito qui? Ma che cosa dice?»

«Ha ragione, ho dormito qui. Ma alle sei e mezzo noi eravamo...»

«Aspetta...» L'avvocato si frugò nella tasca interna della giacca e tirò fuori un taccuino nero. «Aspettate. Ho fatto fare la prova con un vostro esperto... la tua macchina con il tuo autista, partendo da casa tua – o da qui, questione di sei o sette minuti, sino all'aeroporto e all'ora segnata sul biglietto di arrivo al posteggio, e qui c'è anche l'arrivo esatto dell'aereo, ecco, guardi commissario... l'autostrada, vede?, combaciano perfettamente, addirittura con qualche minuto d'anticipo. Quindi, che sia partito da qui o da casa, tra le sei e mezzo e le sette, ma anche prima, erano già per strada... vede?»

«Sì, anche noi abbiamo fatto questa prova e l'abbiamo confrontata con l'arrivo in hotel di Huggs».

«Allora?»

«Noi dobbiamo esserne sicuri, dottor Metz. Sa che

cosa succede se arriviamo al dibattimento con prove incerte? Ci sbattono fuori. Il PM deve fidarsi di noi e degli investigatori. Stiamo lavorando».

«E della pistola?» domandò Alex. «Hanno trovato la pistola che ha ucciso Schultz» spiegò a Puntoni.

«Bene...» Guardò le fotografie della piccola pistola dorata, che Negretti aveva appoggiato sulla scrivania. Poi alzò lo sguardo verso Metz. «È tua?»

«Era di mia moglie, ma era rimasta a lui. Me l'ha mostrata, forse voleva lasciarmela per ricordo. Io ho altri ricordi... e gli ho detto di tenersela. Per quello che ne so, l'aveva lui».

«Come mai non mi ha chiesto dove l'abbiamo trovata?»

«Non mi è venuto in mente. Dove l'avete trovata?» domandò Alex, facendogli il verso.

«Nella cassetta del wc del bagno dove è stato ammazzato». Si alzò, perché era sicuro che la frase aveva fatto effetto.

Invece Metz scoppiò a ridere. «Lei mi sta dicendo che questo feroce assassino dopo aver sparato ha gettato la pistola nella cassetta del gabinetto? Accidenti, che cervello fino. E se avesse otturato lo scarico dell'acqua?»

«È quello che è successo, soltanto parecchio tempo dopo. Quando hanno messo le mani dentro per vedere che cosa fosse successo, l'hanno trovata».

«Chi?»

«Il suo portiere, chiamato da quelli delle pulizie. Ha messo dentro le mani e ha tirato fuori la pistola».

«Impronte...»

«Nessuna. E non credo che l'abbiano ripulita. L'acqua...»

«Chi può aver fatto una cosa simile, così scema?»

«Magari molto furba. Troppo furba. Infatti a nessuno è venuto in mente di guardare là dentro».

«Ma c'è in tutti i film gialli».

Puntoni si alzò e si allacciò la giacca. «No, nella cassetta alta, quella con la catena. Quella è nei romanzi di Simenon. Questa è sopra il water, a portata di mano. Un pazzo ubriaco, chi se no?»

«O un genio» disse Negretti a labbra strette, guardando Metz.

«Lei pensa davvero che io sia un genio? La sa una cosa?» Mise la sua mano sotto il braccio del commissario Negretti. E l'obbligò a fermarsi.

«I geni sono ingenui, non sono furbi».

«Come mai?»

Alex guardò prima il commissario, poi l'avvocato, e fece di sì con la testa. «Non ne hanno bisogno».

Voi non l'avete mai visto sorridere. Io sì

«Sei libera stasera?»

Francesca alzò la testa e restò a fissare quel sorriso imbarazzato che conosceva. Quando le chiedevano di lui, quando ne sentiva parlare come di un uomo duro e inflessibile, lei si ricordava di questi momenti.

Voi non l'avete mai visto sorridere. Io sì.

«Perché?» domandò.

«Vorrei mostrarti una cosa...»

Erano in macchina, stavano tornando a casa per cena dopo un pomeriggio passato in agenzia a discutere sul progetto dello stand per la RCK alla prossima Fiera di Colonia.

«Stasera?»

«Perché no? Sei stanca?»

«Non è questo...»

«Occupata?»

«Possiamo parlarne?»

Erano arrivati davanti al cancello del garage che si stava aprendo lentamente. Alex spense il motore. «Ti ascolto».

«No... non qui. Avanti, non fare il solito, saliamo».

«Come vuoi».

In casa, prima che Francesca si chiudesse in bagno com'era sua abitudine, Alex la fermò in salotto. «Prima io?»

«Sì, certo. Non capisco... libera per che cosa?»

«Ti ho fatto un regalo. Vorrei mostrartelo, sapere se ti piace».

«A me...» Si guardò attorno come se si aspettasse di vedere da qualche parte un pacco, una scatola... «Dov'è?»

«Al mare».

«Hai comperato una casa al mare?» Lo domandò con un'espressione, di cui non si rese conto, più stupita che sorpresa.

«Mai, fossi matto! Mai comprerei una casa al mare... le case si comprano in campagna, perché la campagna ti cresce attorno e si trasforma insieme con te. Ma con tutto il mare che c'è vorresti obbligarmi a tornare sempre nello stesso posto, lo stesso scoglio, la stessa gente... fossi matto! No, non è una casa al mare».

«Una barca?» azzardò.

«Brava, sì. Una barca. Uno sloop di quasi tredici metri, armato a vela con un albero, randa e fiocco...» recitò ridendo. Persino emozionato.

«Ehi... non capisco, fermati. Davvero hai comperato una barca? Le hai sempre affittate per le nostre vacanze».

«Era pratico, le trovavamo sul posto dove andavamo».

«E ora l'hai comperata? È nostra?»

«Sì, dobbiamo trovarle un nome...»

«Un momento, Alex... siediti un momento, dobbiamo parlare».

Alex si mise a cavalcioni sul bracciolo del divano. «Vuoi dirmi che quel tuo professore di sociologia e comunicazione non ha sposato la tua amica, ma sta con te?»

«Lo sapevi?» Lo domandò come se fosse normale.

«Sì, lo sapevo».

Francesca si lasciò cadere su una delle poltrone e si coprì il viso con le mani: stava ridendo. «Hai detto che l'avresti fatto espellere da tutte le università del mondo, anche se io fossi stata consenziente... Alex, mi dispiace».

«Di essere innamorata? Una malattia infettiva che prima o poi capita a tutti. Non è mai stato fidanzato con la tua amica e non ha mai abitato due portoni oltre il nostro: bravo ragazzo, ma un po' ingenuo».

«Non sapeva con chi aveva a che fare...» Si alzò per mettergli le braccia intorno al collo. «Mi dispiace...»

«Va bene, me l'hai detto. A che punto siete?»

Francesca lo guardò con un'espressione maliziosa. «Vuoi i particolari?»

«Quelli consentiti, sì. Tutti. Che cosa fa, che cosa

vuole, che progetti avete...» Si mise a sedere per farle capire che non avrebbe mollato.

«Quando l'hai capito?»

«Quando ti sei iscritta a Venezia al corso di Urbanistica e sei andata a vivere a pensione in casa del dottor Ridolfi...»

«Guarda che Sergio stava a Milano, in casa di nonno Giuseppe, l'avevo chiesto a zia Roberta. Lui è coinvolto con la politica, lo sai anche tu che momenti stiamo vivendo. Non vuole mettermi in mezzo, quindi vive da solo. Dall'università, anche senza il tuo intervento, l'hanno esonerato. Dà lezioni private, ma deve stare attento... ecco, la situazione è più o meno questa». Alzò il viso verso di lui. Era seria.

«C'è altro che vuoi dirmi?»

«Sì... ci sposeremo. Non voglio che rinunci alle sue idee, aspetteremo finché sarà necessario, siamo giovani e siamo sereni». Si alzò, a significare che per il momento il discorso doveva ritenersi concluso. «Te ne posso parlare soltanto ora perché ora sono sicura. Sergio è l'uomo che voglio vicino a me per tutta la vita».

«Va bene, sai che io sono qui. Ora metti quattro cose utili in una borsa, e andiamo».

«Dove?»

«Arenzano. La barca è lì». Fece qualche passo e si fermò davanti alla porta. «Chiamalo, gli faremo posto».

«Vuoi dire che… che può venire con noi?»

«Se vuole te, quattro cose dovrà dirle anche a me… o no? Ce le diciamo in barca. Sbrigati».

«Sì, Capo… lui è Sergio…»

«Sergio Ridolfi, sì». Perché capisse che sapeva tutta la storia anche prima del suo racconto. Soltanto per proteggerla.

Francesca non si mosse. «Non mi piace» disse. Il tono asciutto di quando era scontenta.

«Che cosa non ti piace? Che io cerchi di proteggerti anche senza respirarti sul collo? Immagino che se tu avessi una madre, a lei queste cose le avresti dette. Bene, me le sono dette da solo… c'è altro?»

«No… ma tu hai sempre avuto fiducia in me».

«Non è per mancanza di fiducia, ho soltanto voluto sapere chi era… Ti ho lasciata libera di fare le tue scelte, mi pare. Avrei continuato ad aspettare se non ci fosse capitata questa occasione. Ora possiamo andare?» domandò, alzando il tono di voce.

«Sì, tanto hai sempre ragione tu…»

Alex le diede uno sculaccione e ridendo aggiunse: «… e meno male!»

Sergio arrivò in Vespa e in divisa, come gli disse più tardi Alex. Berretto di lana nero calato sino agli occhi, montgomery, sciarpa attorno al collo che gli copriva la bocca, Ray-Ban anche se era quasi notte.

Baciò sulla fronte Francesca e tese la mano a Alex. «Sono qui» disse appena.

«Metti nel bagagliaio il tuo zaino e in garage la tua fuoriserie. Sai guidare questa?» La Mercedes di grossa cilindrata che Alex usava soltanto con autista.

«Ce l'ha anche mio padre».

«Bene, eccoti le chiavi. E tu vai dietro, che intanto io e lui parliamo».

Appena seduto accanto a Sergio, che aveva messo in moto, accese la radio.

«Caspita, i *Carmina Burana*» esclamò Sergio, alzando il volume. «Radio o cassetta?»

«È una mia cassetta… Complimenti, non sono in molti a riconoscere i *Carmina* dalle prime battute. *Kairòs…*»

«*Il momento giusto e opportuno…*» recitò.

«Non c'era intenzione, come puoi immaginare. L'ascolto spesso, in viaggio». Abbassò il volume.

«Dove andiamo?»

«Arenzano». E senza cambiare tono domandò: «Che cosa stai facendo?»

Gli rispose, senza farsi interrompere, raccontando dei movimenti giovanili, del comunismo che stava sbiadendo. Usò questa parola per significare che non era più un movimento di rivolta dei lavoratori, dei poveri contro i soprusi dei ricchi manipolatori di coscienze… usò frasi come queste e altre, del repertorio quotidiano dei manifesti.

«Tu sai che stai dicendo una bella quantità di scemenze? Strambe in uno come te. Quanti anni hai?»

«Ventinove. Che c'entra?»

«Il tuo buon senso dovrebbe dirti che non è questa la strada perché le cose funzionino meglio».

«Già, i ricchi imprenditori sempre al comando per diventare più ricchi e i lavoratori sempre più poveri e senza diritti: è questa la sua giustizia?»

Alex girò appena la testa verso Francesca, che da dietro si era sporta in avanti, tra di loro, per ascoltarli. «Ed è questo il tuo uomo?»

«Tu che idee hai? Non ne abbiamo mai parlato».

«Non è esatto, ne parliamo tutti i giorni. In agenzia io non sono il padrone, ma sono il capo. Quello che prende le decisioni, che lavora più degli altri, che ne sa più di tutti e che paga anche per gli errori degli altri. Ognuno guadagna per quello che rende e che sa fare. Tu che cosa vorresti? Che il nostro fattorino sedesse al mio posto, o al posto di Vecchi o di Comencini? Che guadagnasse quanto noi, perché è povero? Ma una storia così dove l'hai trovata? Voi ne fate una questione politica senza rendervi conto che questa è una questione di fame, di soldi, di scuole, di nutrizione… anche di cervello. Il mio fattorino fa bene il suo lavoro e guadagna per quello che fa, ben contento che sia io il capo: che trovo clienti, che li so difendere e servire con l'aiuto di ottimi elementi che pago… pensando ai loro corsi di perfezionamento, alle scuole professionali, ad asili privati per i due cuccioli della nostra nidiata, i figli di due dattilografe…

questo è comunismo. In questo io credo fermamente, questo è il mio comunismo».

«In quanti siete come lei?»

«Ammesso che io sia un esempio, certamente imperfetto, è per questo che dovete battervi. Quanti siamo? Non lo so, non li conosco. Questo deve essere il vostro obiettivo, non la falce e il martello».

«Possiamo tener separate le due cose, ma gli operai devono sentirsi protetti».

«Da te, da voi? Dalle piazze? Lavorate sui padroni, se convincete loro aiuterete anche i loro operai. I padroni hanno bisogno di leggi da condividere, non di musiche in piazza. Scusa, non parlo mai di queste cose... ma ogni tanto, quando leggo i vostri proclami e le vostre rivendicazioni, cerco di immaginare uno di voi al posto di uno Schultz a convincere un cliente di Boston a darvi quattro miliardi da spendere. Tu hai un'idea seppur vaga di che cosa muovono e coprono quei quattro miliardi di pubblicità? A quanti operai noi assicuriamo pane e lavoro, senza bandiere rosse?»

«Un discorso populista, non porta a niente».

«Bene, vediamo. Tu sei laureato. Insegnavi una disciplina che puzza di pubblicità... Vuoi provare a fare il copy per la sporca pubblicità? Ne stiamo cercando uno. Non direttamente sotto o con me, ma in un gruppo: dove resti soltanto se ci sai fare. Vuoi provare?»

«Mi sta offrendo un lavoro?»

«No. Ti sto offrendo una serie di opportunità: vedere da vicino come si vive e si lavora in una società che serve ai ricchi. In che cosa consiste un lavoro creativo. Valutare da questo diverso punto di vista i tuoi sentimenti per Francesca».

«Non ho capito se lei mi prende per un mascalzone, un fallito o un cretino».

«Non saresti qui. A destra... Ecco, quello è il cancello. Ma tu sai muoverti in barca o ti portiamo a spasso come un bugliolo?»

Stava parcheggiando e non rispose subito. Quando spense il motore si girò a guardare Alex. «Ha finito? Allora, prima di scendere da questa macchina, ascolti me. A vent'anni io ho frequentato i corsi di Caprera, non avrò la sua esperienza ma in barca a vela me la cavo. Due: io sono innamorato di Francesca e non ho bisogno di cambiare punti di vista, mi bastano quelli che ho. Tre, verrò nella sua agenzia a farmi maltrattare come copy perché so che sarà una bella esperienza. Senza farmelo chiedere lei mi ha offerto le sole cose che volevo: Francesca e un lavoro. La barca è un di più. Forse me lo merito».

«Thunder, ti ricordi?»

Tutte le luci in porto erano spente. Oltre la riva i negozi tutti chiusi. Il bar con le saracinesche abbassate. Nessun rumore oltre quello del mare.

Un'altra sola barca a vela, di resina. Gli altri natanti erano motoscafi, cabinati e no.

Il mare, una grossa bestia nera che respirava appena, muovendo la superficie adagio, a lunghi tratti pigri come sbadigli.

Soltanto il rumore del mare contro le chiglie e le rocce. Uno sbuffo, un risucchio, un altro sbuffo.

Il mare.

Fecero le operazioni necessarie ad allontanarsi dal porto, quasi senza parlare. Il motore in sordina, i gesti, il vento.

Al largo issarono il fiocco e Alex girò la prua verso la Francia.

«Dove andiamo?»

«Da nessuna parte, soltanto per provarla insieme. Dobbiamo darle un nome… come la chiamiamo?»

Francesca guardò Sergio. «Comincia tu… di' un nome».

«Che non sia Francesca». Alex stava ridendo. Era eccitato dalla situazione.

Con Francesca era stato in barca tante volte, tutte le estati da quando era piccina. Ma erano barche affittate per le vacanze, questa era la prima alla quale potevano dare un nome.

Francesca restò a fissarlo, come se dovesse raccogliere tutto il suo coraggio. «Io un nome l'avrei...»

«Avanti, che nome è?»

«Io vorrei chiamarla... *Thunder*, ti ricordi, Alex? *Thunder* era il padre che avevo imparato ad amare. Me lo raccontava Alex quando ero bambina... *Thunder* per me è stato quel buon padre, affettuoso e divertente, e io l'ho amato. *Thunder* è un bel nome per la nostra barca, mi piacerebbe».

«Stai piangendo... tesoro, che cosa succede?»

«Niente... Alex, ti piace *Thunder*? Vorresti chiamarla *Thunder*, come quel padre che avevi inventato per me? Ti piace?»

Alex le sorrise, era triste. L'aveva turbato la commozione di Francesca e il ricordo di quei racconti straordinari che lui inventava per lei, che era piccola e voleva sapere dove fosse suo padre. «In mezzo al mare» le diceva Alex, tenendole la manina tra le sue. «E si chiama *Thunder*».

«Sì, è un bel nome per una barca, per questo vecchio legno. La chiameremo *Thunder*. Ti piace?»

Sergio disse di sì. «Io avevo pensato a un nome nel

cosmo, ma *Thunder* è un bel nome per una barca a vela. Ci pensiamo domani… ora possiamo tornare? Sto morendo di freddo perché per fare in fretta non mi sono infilato un pullover».

«Pronta a virare?»

«Pronta, capo».

«Vira!»

«Il vento dà scarsa, capo».

«Dovremo fare dei bordi per arrivare... puggia un filo, facciamoli veloci. Questo ha freddo».

«Sì, capo...»

Sergio, i parabordi!

Tornarono in porto, Alex accese il motore per manovrare l'entrata tra le due barche dove era il loro approdo. «Sergio, i parabordi!»

«Ok, Capo».

Sistemarono la vela attorno al boma, vuotarono i sacchi e la borsa del ghiaccio e dei viveri. Opportunamente Francesca preparò tre cuccette, in modo che ognuno dormisse per proprio conto.

«A letto?» domandò.

«Tu che cosa vorresti fare?»

«Vorrei parlare… Vi faccio una tisana».

«Che cosa vuoi dirci?»

Francesca guardò Alex e poi disse di sì. Non si stupì che avesse capito.

Con entrambe le mani si aggrappò alle mani di Sergio: nella *dinette* erano seduti dalla stessa parte del tavolo, Alex era di fronte a loro e stava versando whiskey in due bicchieri.

La barca dondola appena, lo stropiccìo del risucchio. Qualche luce lontana, le barche dei pescatori. Uno spicchio di luna in un cielo nero.

E il silenzio.

«Mi sembra il momento giusto, Alex. Non ne posso più...» Stava tremando.

«Tesoro, che cosa c'è? Perché tremi?» Sergio guardò Alex e si stupì che non avesse risposto. Poi guardò Francesca, e gli sembrò di essere in un posto sbagliato. «Che cosa vuoi dire? Francesca, amore... ti prego».

«Lasciala parlare». A labbra strette, senza guardarla, ripeté: «Lasciala parlare».

Francesca chiuse gli occhi. Sottovoce, ma con voce ferma, disse lentamente, scandendo le parole: «L'ho ucciso io».

Sergio aprì le mani, poi le richiuse sulle mani di Francesca. Alzò gli occhi e si accorse che Alex stava continuando a versare whiskey nei bicchieri, e la sua mano non tremava. A lui, sì. «Amore, che cosa stai dicendo...»

«L'ho ucciso io». Guardò Alex. «Tu lo sapevi, vero? L'hai sempre saputo...»

«Mentre stavamo uscendo con la macchina, quella mattina, ti ho vista attraversare la strada di corsa. Il resto l'ho immaginato».

«Accidenti, volete dirlo anche a me di che cosa state parlando?»

«Che l'ho ucciso io, Sergio... L'ho ucciso io!»

«Quel tizio che hanno trovato ammazzato nel bagno della vostra agenzia? Ma che cosa dici? Ho letto che dovranno chiudere il caso...»

«Non ci contare. Quel commissario non è Sherlock Holmes ma non mollerà facilmente. Temo che la faccenda durerà ancora un pezzo».

«Non m'importa un accidente… ma perché dici che l'hai ammazzato tu? Quella notte eri da me, non ti ricordi?»

«Certo che me lo ricordo… chi si dimentica una cosa del genere? Ero da te… No, era una balla, l'ho inventata io per togliermi dai pasticci». Alzò il capo verso Alex, senza guardarlo. «Sono venuta dopo, Sergio, non ho dormito da te».

«Infatti poco prima delle sei e mezzo di quella mattina eri davanti all'agenzia. Mi sono girato, in macchina, e ti ho visto mentre attraversavi la strada. Perché stavi andando in agenzia? Io non potevo fermarmi, ma vederti lì a quell'ora m'è sembrato strano. Poi ho pensato che volessi salire da me».

«Sapevo che avevi dormito in agenzia. Volevo dirti che non avrei partecipato alla convention di Huggs, ma che sarei andata con Sergio a Venezia a conoscere i suoi genitori». Lo guardò: gli occhi immensi, cerchiati di un'ombra scura, in quel viso pallido. «L'ho ucciso io!» La voce sconsolata di chi non vuole più resistere.

«Poi che cosa è successo?»

«Scusate, volete far capire qualcosa anche a me? Quel tizio non era un collaboratore della vostra agenzia? Che cosa c'entravi tu?»

«Era mio padre».

Il silenzio che seguì si abbatté su di loro con il fragore di un tuono.

«Che cosa? Chi, tuo padre... tu mi hai detto che non sapevi... che tua madre...»

Toccò a Alex dirgli la verità, ormai sapeva che anche Francesca ne era a conoscenza. Certamente quella mattina Schultz le aveva raccontato l'intera storia che la riguardava. Senza dimenticare nessun particolare. Maledetto vigliacco.

Sergio restò ad ascoltare in silenzio, un braccio intorno alle spalle di Francesca: tesi e immobili.

Terminò il racconto dei primi anni in America, l'incontro di Francesca con Schultz e quello che ne era seguito, con questa breve frase: «Francesca, sua madre, morì di parto». Voleva evitare a Francesca lo shock del suicidio.

Francesca scosse la testa. «No, anche questo mi ha detto: mia madre si è gettata dal quinto piano della clinica dove sono nata... non ha mai detto chi era mio padre».

«Sant'Iddio, ma che miserabile farabutto era quest'uomo?»

Se ne ricordò all'improvviso: *Un tedesco di merda*. Ma non lo disse. Disse invece che era un genio nel suo lavoro. Un maledetto genio rovinato dal carattere. Un intellettuale debole e vanitoso.

«Non per farmi gli affari tuoi, ma sapendo tutta

questa storia come hai fatto a prenderlo in agenzia e a farlo lavorare con te?» Era indignato e aveva istintivamente iniziato a dargli del tu.

«Io dirigo un'agenzia, non un convento di suore. Non l'ho mai stimato come uomo, anche prima che tutto questo accadesse. L'agenzia è di tutti quelli che ci lavorano, non esclusivamente mia. E finché è stato utile, me ne sono servito. Quando ha cominciato a pretendere cose che non gli spettavano, l'ho buttato fuori. Mi ha minacciato, ho immaginato che sarebbe stato capace di fare del male a me. Ma non a Francesca, era sua figlia».

«Amore, ma come è successo?» Accarezzandole il viso, che era diventato di pietra.

Lo raccontò a occhi chiusi, come se lo rivedesse dentro di sé, attraverso le sue parole.

Lei che sale di fretta le scale per riuscire a vedere Alex, lui che è dietro di lei e la chiama per nome.

«Tu sei mia figlia!»

«Che ci fa qui, a quest'ora?»

«Zitta, devo vedere Metz...»

«Forse è già andato, ho visto il garage aperto».

«Vieni tu...»

«Dove? Che cosa vuole?»

«Entra, vieni...» La porta del bagno di Vecchi è aperta, come ogni mattina, per lasciar passare l'impresa di pulizia che non ha le chiavi. «Entra...»

«Ma che cosa vuole? Mi lasci...»

Per un attimo la sfiora il dubbio che voglia toccarla, abusare di lei, e si divincola. «Mi lasci...»

Poi lo guarda e si accorge che è un uomo finito. «Che cosa vuole da me?»

«Entra». La spinge dentro e chiude la porta alle loro spalle.

'Ora può entrare soltanto Vecchi con le sue chiavi' pensa, 'ma sono le sei e mezzo di mattina: che cosa vuole?'

È spaventata perché lui sembra impazzito.

«Che cosa ci fa qui?» Ora urla, sperando che qualcuno la senta.

«Voglio ammazzarlo… voglio ammazzarlo! Ha ucciso tua madre e ha rovinato me… è un mostro».

E mentre parla cammina verso il fondo della stanza, dove c'è uno specchio: passando davanti al lavabo di marmo nero appoggia una cosa lucida, di metallo, con un rumore breve e secco.

«Io l'ammazzo…» Si gira a guardarla. «Tu sei mia figlia!» urla. «Sei mia figlia… te l'ha mai detto, quel farabutto? Te l'ha mai detto?»

«Ma che cosa dice? Non è vero… mia madre…» E si interrompe. Sua madre non aveva mai detto chi fosse suo padre. Questo le hanno raccontato. E se fosse davvero lui? «Non è vero» mormora adagio, ormai non ha più coraggio.

Vorrebbe non essere lì, vorrebbe non aver mai sentito quelle parole: lei ha sempre sperato che Alex fosse davvero suo padre. Quel Thunder dei suoi racconti.

«Sì, sono io tuo padre… vedi, hai capelli biondi come me. E hai la mia testa, somigli a me. Non a lui. Lui l'ha uccisa, tua madre…»

«Mia madre è morta di parto, me l'ha detto zia Roberta».

«Ti hanno presa in giro, figlia mia, non ci credere. Tua madre si è gettata dal quinto piano della clinica dove sei nata, questa è la verità. Perché lui non la voleva…»

«Noo… non è vero! Non è vero! Chi è lei? Chi sei?» Ora sta urlando.

«Sono tuo padre e ora vado ad ammazzare quel diavolo che ha rovinato la vita a te, a tua madre e a me… un mostro. E io l'ammazzo…»

Sono più svelta di lui. Vedo che allunga il braccio verso quella cosa lucente che è sul lavabo, ci arrivo prima io. Un revolver. Piccolo, quasi un giocattolo.

Lui arretra verso lo specchio, apre le braccia. Io alzo la mano, non so che cosa sto facendo, non ho mai visto una rivoltella, mai toccata. Istintivamente l'indice della mano destra preme, si piega. Un rumore neppure tanto forte. Lui cade in avanti con le braccia spalancate.

E io scappo verso il gabinetto. D'istinto vorrei gettare il revolver nel water, ma in un lampo capisco che è una sciocchezza. Allora alzo il coperchio della cassetta e ci getto il revolver. Richiudo. Gli passo accanto senza guardarlo, non so se sia morto, credo di no. Non m'importa. Mi importa soltanto di andarmene, di fuggire da lì.

Esco, richiudo le porte. L'impresa non potrà entrare, forse nel pomeriggio Vecchi, dopo la convention.

Scendo le scale, il portiere non c'è e non mi vede. Corro a casa.

Caty sta ancora dormendo. Mi spoglio, m'infilo a letto. Alle otto e mezzo viene a svegliarmi con la spremuta. Mi vesto, ti chiamo. Tu stai andando al Grand Hotel con Huggs. Allora ti dico quello che ero venuta a dirti, immaginando che tu fossi rimasto a dormire in studio e che fossi ancora lì: io non parteciperò alla convention.

Parto con Sergio. Andiamo a Venezia, a casa sua. I suoi genitori vogliono conoscermi. Ci sposeremo.

Ora ho bisogno di lui.

Il suo cuore batte. Batte. Batte

Sergio la stringe tra le braccia, con la guancia le accarezza la fronte. «Amore, amore mio...»

«Dobbiamo dirlo a Puntoni?»

«No. Vedrai che chiuderanno il caso, lasciamoli fare».

«Hanno trovato il revolver...»

«Sì, senza impronte, dopo tutto quel tempo che era rimasto nell'acqua...»

«Hanno indagato anche su un infermiere che l'aveva accompagnato in agenzia...»

«Prosciolto».

Alex sembra tranquillo. «Non hanno elementi, troppi probabili colpevoli assolutamente improbabili».

Attraverso il tavolo allunga il braccio verso Francesca per accarezzarle il mento. «Mi dispiace, non ho saputo evitarlo. Forse avrei dovuto ammazzarlo io, in America. Quando ha messo incinta tua madre e le ha chiuso la porta in faccia. Poteva sposarla».

«No, non poteva. Aveva già una moglie malata... in agenzia ne parlavano, lo sapevano tutti».

«No, non ha mai avuto una moglie a Nerville, era un bugiardo. Io ho lasciato libera tua madre sperando che almeno lei fosse felice. Io l'ho amata... tu non sai quanto l'abbia amata, quella piccola donna così coraggiosa e così fragile. Tutto quello che ho fatto, l'ho fatto per lei. In un modo sbagliato se ha preferito morire. Ora tocca a te, Sergio. Amare nel modo giusto è molto difficile. Spero che tu ci riesca, amico mio».

Con eccessiva calma si accende una sigaretta, alza la testa e soffia la boccata di fumo verso l'alto. Francesca conosce quei gesti, sa che Alex sta pensando.

Quando riabbassa la testa verso di lei, un sorriso stanco gli attraversa la faccia.

«Tuo padre era un genio» dice a bassa voce.

«Ma che cosa...?»

«Tuo padre era un genio».

«Perché dici una cosa simile? Era un mostro».

«Aveva calcolato tutto... un genio. Ti ha aspettata, ti ha seguita. Sapeva che io me ne ero andato e ti ha seguita. Ha messo la rivoltella in vista e ti ha spinta a usarla...»

«Come faceva a saperlo?»

«Ha minacciato me, e sapeva che tu mi avresti protetto ammazzando lui... Voleva morire, era malato e ne aveva per poco. Voleva morire, distruggendo tutto quello che la vita gli aveva negato».

«E dopo?» domandò Sergio, provocandolo.

«Dopo sapeva che io non avrei mai permesso che Francesca venisse riconosciuta colpevole. Mi sarei accusato, legittima difesa... Anche questo lui aveva calcolato, sapeva che l'avrei fatto».

Sergio si versa ancora whiskey con una smorfia. «La fai troppo facile, amico. E i calcoli dei chilometri per l'aeroporto, i pagamenti ai posteggi... te ne sei dimenticato? Tu avevi un alibi di ferro».

Alex spegne la sigaretta con il pollice sul piattino. «Ti dimentichi che i conti esatti sono saltati fuori soltanto quando hanno ritrovato la pistola e dopo aver definitivamente escluso Francesca, che era a Venezia con te. Schultz aveva calcolato tutto, ma...» Ora sta sorridendo: ancora una volta lui, quasi un uomo, aveva battuto il mostro.

Francesca muove appena la testa. Insegue la macchia scura e immobile del mare, la luce tremolante delle barche da pesca. Forse, in lontananza, uno spicchio di luna.

«Perché mia madre si era innamorata di lui?»

«Difficile fare domande a chi non può rispondere. Credo che temesse tutto quello che non era Schultz».

«Tu, per esempio?»

«Sì... io, per esempio».

«Accidenti, ma come fai a capire quando l'amore è giusto?»

«Te lo faccio capire, io, tesoro. Non gli dar retta,

ha bevuto due whiskey… l'amore giusto è qui». E ora ride. Ridono insieme, abbracciandosi.

Alex si alza, esce all'aperto. L'aria è immobile.

Il suo cuore batte. Batte. Batte.

E fa male.

Quasi un uomo…

La donna che è seduta di fronte a me, oltre il tavolo di quercia in quel soggiorno che sembra scavato in una roccia, con il camino di sassi e una fiamma viva intorno a un ceppo che borbotta, è una bella donna. Alta, i lineamenti e le forme ammorbidite dall'età e dalle gravidanze. I capelli biondi raccolti in un ciuffo alto sulla testa, il viso ovale, leggermente arrossato dalla fiamma che le sta di fronte, gli occhi di un azzurro intenso che tendono al verde, le labbra strette e morbide.

Sulla parete dietro di lei è appesa una grande fotografia di sua madre. Le somiglia, è vero. La stessa fronte, con quella punta in mezzo a segnare l'attaccatura dei capelli, le sopracciglia sottili e ben disegnate, il naso come un segno di matita all'insù… il collo lungo e sottile… Non c'è la fotografia di suo padre, ma quella di Alex. Che sorride.

«Alex è morto tre anni fa. Ha lasciato l'agenzia in ordine, divisa tra i quattro che potevano portarla avanti 'a modo suo'. Tra questi c'è anche Sergio, mio marito».

«E lei, no?»

Scuote leggermente il capo, sorride spesso. «Sono l'assistente dell'architetto Moriggi, una bella esperienza. Lui mi ricorda molto Alex: un genio, umano. E Sergio è il legame tra la mia vita passata e tutto questo. Non ci volevo credere, ma sono felice. Con molto coraggio ho seppellito per sempre i miei incubi». Mi guarda e sorride impacciata, come rendendosi conto che ci sarebbe stato ancora molto da dire.

«Tutto chiuso con la giustizia?»

Dice di sì, muovendo appena la testa. A volte la giustizia ha un lato umano: nel Codice con le regole si trovano anche le possibili scappatoie, come l'articolo 65 – *costretta da una forza alla quale non ha potuto resistere...*

«È questo che ha invocato il suo avvocato?»

«Quell'uomo ha minacciato di andare a uccidere Alex, forse avrebbe fatto una strage se fosse arrivato prima di me al revolver... in quel momento non ero in grado di distinguere quello che era giusto da quello che era sbagliato: questo hanno detto».

«Questa è la verità? Quello che lei ha pensato in quel momento?»

«In quel momento io l'ho odiato e ho avuto paura. Non so se sia sufficiente, ma basta a me. Ho amato profondamente Alex che io ho sempre chiamato 'Capo', in barca e anche a casa. Da lui ho ereditato una sorprendente audacia intellettuale e questa genialità visionaria che mi fa seguire un architetto folle che sogna le città del futuro come giardini. Io ho attraversato a braccia spalancate la sua cultura piena di aneddoti, incontri, idee trasgressive, visioni alternative. Buona forchetta e ottimo bevitore...» Alza gli occhi verso di me e mi sorride. «Grande raccontatore di favole, a me bambina. A me adulta: in quel mare che abbiamo navigato insieme, con la mente e con il cuore. Il mare di Ulisse che mi ha insegnato ad attraversare, in ogni momento della mia vita. Questo era Alex».

«Mi hanno detto che era un uomo insopportabilmente presuntuoso».

«Le hanno detto una sciocchezza. Era consapevole della propria singolarità».

«Lei l'ha molto amato».

«Sì, molto. Quando ero bambina mi raccontava di questo mio padre che si chiamava Thunder, che era ricco e potente e viveva sempre in mare. Mi portava a casa bambole, e regali: che erano di Thunder per me. Thunder era orgoglioso dei miei voti a scuola, e quando ero malata mi chiedeva di prendere coraggiosamente le medicine, poi sarebbe arrivato un regalo. Thunder non era una persona vera, ma il simbolo di un padre forte e straordinario. Credo che Alex abbia molto amato mia madre, peccato che lei abbia preferito l'apparenza di un uomo sbagliato. Peccato...» Si alza per versarmi altro tè. «Le basta quello che le ho raccontato?»

Guardo i fogli che ho davanti, la penna che stringo ancora tra le dita.

«Lei è andata un po' a... slalom, tra i ricordi, saltando da una data all'altra... da un episodio all'altro, tra l'America e l'Italia. Cercherò di capirci, per ora mi sembra un gran pasticcio...»

«Se lo fa Stephen King è un capolavoro, se lo faccio io è un gran pasticcio? Voi giornalisti non siete mai contenti».

«Me ne farò una ragione».

Raccolgo i fogli, ma prima di alzarmi per andarmene, mi ricordo di una frase che le ho sentito pronunciare: «Perché *Quasi un uomo*?»

Ride. Quando ride è bellissima. «In un pacco ho trovato un libro di mia madre, il *Journal* di Gide, con la dedica molto affettuosa di quel Paolo. Tra le pagine c'era un foglietto stropicciato, come se fosse stato tanto letto e continuamente toccato. Diceva:

Ti mando proprio dei fiori
E vado giusto io, a pigliarli,
– impacciato ma deciso –
quasi un uomo...

La data è il 5 ottobre, il compleanno di mia madre. Era la calligrafia di Alex, che lo diceva di sé. Si sentiva imbarazzato dai propri sentimenti. A me non ha mai detto di volermi bene. E so che me ne ha voluto tanto! Mi ha scaraventato addosso anche l'amore incompiuto per mia madre».

«Come è morto? Se vuole dirmelo».

«Sotto i ferri del chirurgo, una semplice operazione al cuore... non si è più risvegliato. Era il tipo di morte che lui avrebbe sottoscritto. Dalla camera mortuaria alla cremazione senza passare per la chiesa, in forma assolutamente privata. In questa terra di Lucchesia dove era nata sua madre e dove lui aveva trascorso le sue vacanze da bambino, le sue ceneri sono seppellite in giardino, sotto un pioppo che ha duecento anni. Continueranno la loro strada insieme».

Ciao, Giancarlo.

E ringrazio Laura, amica carissima.

Quasi un uomo

I libri di Elda Lanza in libreria e in ebook

Le inchieste di Max Gilardi

Niente lacrime per la signorina Olga
Il matto affogato
Il venditore di cappelli
La cliente sconosciuta
La bambina che non sapeva piangere
Uno stupido errore
La bestia nera
Il funerale di Donna Evelina
Tutte le inchieste di Max Gilardi (ebook)

ELDA LANZA

UOMINI

Una bambina di tre anni e mezzo. Suo padre che lascia la famiglia perché innamorato della sorella di sua moglie. Con questo primo, crudele tradimento, inizia il cammino sentimentale della protagonista di *Uomini*. Un cammino che diventa, grazie ai personaggi, alle vicende, agli scenari che racconta, un irresistibile romanzo d'amore. Uomini di talento, di successo, famosi, potenti, ammirati. Per quanto diversissimi, petali della stessa margherita nel gioco del *m'ama, non m'ama*, una corolla al centro della quale c'è la protagonista, una donna che non riesce a farsi amare davvero, mai abbastanza ferita da arrendersi alle proprie illusioni. Che si racconta con sfacciata ironia, sapendo di aver perduto tutte le battaglie: tranne l'ultima, con se stessa.

SALANI EDITORE

Finito di stampare
nel mese di novembre 2018
per conto di Adriano Salani Editore s.u.r.l.
da Elcograf S.p.A., Stabilimento di Cles (TN)
Printed in Italy